ESSAS
MALDITAS MULHERES

Obras do autor

234
33 contos escolhidos
A faca no coração
A polaquinha
A trombeta do anjo vingador
Abismo de rosas
Ah, é?
Arara bêbada
Capitu sou eu
Cemitério de elefantes
Chorinho brejeiro
Contos eróticos
Crimes de paixão
Desastres de amor
Desgracida
Dinorá
Em busca de Curitiba perdida
Essas malditas mulheres
Guerra conjugal
Lincha tarado
Macho não ganha flor
Meu querido assassino
Mistérios de Curitiba
Morte na praça
Nem te conto, João
Novelas nada exemplares
Novos contos eróticos
O anão e a ninfeta
O beijo na nuca
O maníaco do olho verde
O pássaro de cinco asas
O rei da terra
O vampiro de Curitiba
Pão e sangue
Pico na veia
Rita Ritinha Ritona
Violetas e pavões
Virgem louca, loucos beijos

DALTON TREVISAN

ESSAS
MALDITAS MULHERES

4ª edição

EDITORA RECORD
RIO DE JANEIRO • SÃO PAULO

2018

CIP-BRASIL. CATALOGAÇÃO NA FONTE
SINDICATO NACIONAL DOS EDITORES DE LIVROS, RJ.

T739e
4ª ed.
Trevisan, Dalton, 1925-
Essas malditas mulheres / Dalton Trevisan. – 4ª ed. –
Rio de Janeiro: Record, 2018.

ISBN 978-85-01-02114-4

1. Contos brasileiros. I. Título.

82-0438
CDD – 869.9301
CDU – 869.0(81)-34

Copyright © 1982 by Dalton Trevisan

Capa: Gravuras de José Guadalupe Posada

Texto revisado segundo o novo Acordo Ortográfico da Língua Portuguesa.

Direitos exclusivos desta edição reservados pela
EDITORA RECORD LTDA.
Rua Argentina, 171 – 20921-380 – Rio de Janeiro, RJ – Tel.: (21) 2585-2000.

Impresso no Brasil

ISBN 978-85-01-02114-4

EDITORA AFILIADA

Seja um leitor preferencial Record.
Cadastre-se em www.record.com.br
e receba informações sobre nossos
lançamentos e nossas promoções.

Atendimento e venda direta ao leitor:
mdireto@record.com.br ou (21) 2585-2002.

Sumário

Pobres Meninas   7

O Nome do Jogo   21

O Sonho é Azul   39

Um Bicho no Escuro   55

A Letra do Assobio   67

A Segunda Mulher   83

Modinha Chorosa   93

Quarto Separado   107

Diálogo entre Sócrates e Alcibíades   117

A Gargalhada de Lili   127

Ó Suave Agonia do Tarado   133

O Pão e o Vinho   141

Moço de Bigodinho   147

Visita de Pêsames   151

Cântico dos Cânticos   163

Pobres Meninas

— Agora estou ocupado. Por que não telefonou?

— Faça de conta que não estou aqui.

— Só sei trabalhar sozinho.

— João, você é um enjoado.

— Gostei desse esmalte.

— Segui teu conselho. Bonito, não é? Estas mãos também lavam e passam.

— Tão macias.

— Não é de pouco trabalhar. Ai, que dor de cabeça. Tem um comprimido?

— Aqui está. Que é isso — mastigou? Engula depressa. É amargo.

— A água acabou.

— Beba o restinho. Engula, mulher. Engula.

— Estou na pior. Minha vida é um desespero. Você já foi moço, não é, João?

— Há muitos anos.

— Sabe o que é gostar de alguém? Esse maldito sargento me ocupou quatro anos. Não quero que ele volte, me entenda. Só que diga: *De você não gosto mais. Enjoei de você. Tenho outra. Mais bonita.* Não aguento é esse silêncio. Sinto gana de matar.

— Que é isso, menina?

— Um negro no Pilarzinho por duas notas sangra qualquer um. Diz que por mim ele mata. Até por uma nota.

— Não fale bobagem.

— Você está dentro de mim? Não sabe o que sofro. Ficar em casa, ver a Rosinha e aquele noivo dela se agarrando no sofá. Tenho ânsia de esganar os dois.

— Fim do mês recebe tua comissão. Daí fica bem chique.

— Chique nada. Vou andar descalça. A barra da calça em fiapos. Me sento na calçada.

— Vai putear?

— Isso mesmo. Uma puta velha de guerra.

— Logo aparece um namoradinho.

— Nos dois primeiros dias são muito gentis. No terceiro já querem cama. O resto você sabe. Eles numa boa e eu de barriga. Olhe aqui para eles.

— Quando veio para cá, humilde, burrinha, filha de capiau, quem ia pensar no teu progresso?

— Agora sei História e Geografia. Antes não conhecia nem tabuada. Sabe, João, que antes era melhor?

— ...

— Difícil achar nesses cursinhos quem é moça.

— A última virgem é você, Maria.

— Minha vida é um sufoco. Você assina a revista?

— Já te disse. Eu sou assinante.

— Então me recomende aos teus amigos.

— Essa revista não vale nada.

— Eu quero é esquecer. Uma amiga do cursinho sabe o que me ofereceu?

— ...

— Um pozinho mágico.

— Essa tua amiga, ela sim, é uma desgracida. Quero te falar como pai.

— Diz que eu esqueço. Que eu viajo.

— Uma semana depois você quebra a cara. Por que não se enforca na viga da cozinha?

— Um tiro na cabeça dói menos.

— Antes isso que a droga dessa maldita. A primeira vez é grátis, a segunda tudo bem. Na hora em que ela te vicia, por uma dose você beija o pé do anão do elevador. Você baba e rasteja. Aqui já não entra. Lixo eu não quero.

— Está bem, João. Se ela for lá em casa, fecho a porta. Tem o nariz vermelho. É resfriado que não cura.

— Uma peste negra que não cura.

— Mas no saravá eu entro.

— Esse não faz mal.

— Mando matar um cabritinho. O sargento me paga.

— Que tal ele, sentado no sofá vermelho, uma puta de cada lado? Uma beijando a pontinha da orelha e a outra mordendo o pescoço?

— Até você, João?

— ...

— Um dinheirinho você tem?

— Veja minha carteira.

— Só isso? Só duas notas pequenas?

As grandes bem guardadas no bolso da calça.

— Mais um pouco escondidinho aqui.

— É só papel. Pode ver.

— Pobre do meu velhinho.

*

— Ganhei um presente, João. Estou louca para ver o que é.

— Quem te deu?

— O hominho da revista. Uma paixão por mim. Não tem coragem de dizer.

— Por que chama de hominho?

— Não se ofenda. Tem esse tamanhinho. Menor que você. A cabecinha dá no meu ombro. Respeitoso. Eu me queixo da vida para ele.

— Deixe que eu abro.

Tão curioso quanto ela.

— Veja só. Uma Bíblia. De luxo.

— E com dedicatória: *À senhorita Maria, com profunda admiração. A fonte é Deus. Chega de tristeza.* Não é bonito?

— Muito quadrado, o hominho.

— Será que é bom este livro, João?

— Certo que é. Nele tem de tudo. Melhor que revistinha suja.

— Que pedaço você gosta mais? Me falaram em provérbios.

— Comece por eles. Cada noite um pouquinho. E o sargento?

— Nada do filho da puta.

— Quero ver esse papel na tua mão.

— Isso, não. Depois você caçoa.

— Que luxo é esse?

— Tenho vergonha, João.

Ele abre o papelzinho e lê: *56 dias.*

— Engraçado. O que é?

— Será que você é burro, João? Cinquenta e seis dias que ele não me vê. Que não fala comigo. Cada dia que passa eu anoto.

— E aqui embaixo?

— As noites que telefonei. As noites em que ele não estava. As noites em que o desgraçado nunca esteve.

— *21: Foi dar uma volta. 29: Está na casa do tio. 31: Ainda não chegou.*

— Sempre o recado da velha.

— Burra é você. Não sabe que ela inventa cada vez uma desculpa?

— Que ódio, João. Que ódio você me dá quando fala assim. Bem eu desconfiava.

— Esqueça o ingrato. E os namoradinhos?

— Conheci um homem casado. Tem três ou quatro cicatrizes. Um acidente de carro. Assim mesmo é bonito, eu confessei. Ele respondeu: *Não é a primeira que me diz*. Foi casado, a mulher morreu no acidente. Casou segunda vez. Está cheio da fulana. Tem dois filhinhos.

— Conheço essa conversa.

— Larga tudo para viver comigo. Só chega em casa depois da meia-noite. Para não ver a bruxa.

— Me parece um grande mentiroso.

— Você não deixa eu falar, João. Sabe o que me ofereceu? Um carrinho vermelho. Um apartamento alugado. E tudo o que eu quiser no mundo.

— Você não aceitou? Veja se ele fala sério. Peça o carrinho no teu nome. Do apartamento, aluguel adiantado. Se ainda assim, ele continua te adorando, não custa experimentar.

— Como é que eu digo, João?

— Sou moça pobre. Carente de segurança. Quero andar de carro e saber que é meu. Exija, bata o pé.

— Ontem nem fui à aula. Ele me convidou para um passeio. Você conhece Santa Felicidade? Lá que estivemos. Ele tocou a mais de cem por hora. Costurava os outros carros.

— Assassino, além de mentiroso.

— Não jantamos. Eu não quis. Ele bebeu chope. E eu dois martínis doces. Com cerejinha em cima.

— Na mãozinha ele pegou?

— Só na mão. Não pôde resistir. Eu de vestido verde trespassado, já viu? E a nova sandália preta.

— Nem um beijinho?

— Credo você, João.

*

— Agora, sim. Tudo acabou. Ontem vi o filho da puta.

— Como é que descobriu?

— A mãe dele me contou. Me pus bem chique. Quando falo nisso, João, me dá vontade de chorar. Chorei a noite inteira. Chorei de fazer escândalo. Acordei até a japonesa.

— Aqui não pode. Nem lenço eu tenho. Nada de beicinho. Levante a cabeça.

— Fiquei bem chique. Lavei o cabelo.

— Chique assim quem vai a um baile?

— Quem encontra um ingrato pela última vez. Sem pintura. Com blusinha branca de renda. A calça de veludo que ele mais gostava. Subi correndo os degraus da faculdade. Fui espiando sala por sala. Na terceira, um banco perto da porta, ali outra vez o puto. Olhava para a frente. Um colega dele me viu. Fiz o gesto de apontá-lo. O outro bateu no ombro. Chamei assim: Venha cá. Ele se ergueu: *Que é que você quer? Não vê que tenho prova?* E você não vê que eu existo? Se estou aqui é para falar com você. *Então espere. Agora não dá.*

— Quer dizer que nem boa-noite? Nem um beijinho?

— Nada, João. Se eu fosse uma folhinha na parede. Sentei no corredor.

— E o que você fez?

— O que havia de fazer? Pus a mão no queixo e fiquei pensando.

— Não roeu a unha?

— Bicha não tenho.

— Custou a passar?

— Custou, mas chegou a hora. Quando ele saiu, fomos andando lado a lado. Sentamos no carro, eu disparei a falar. Ele parecia um peregrino. Coturno sujo, um cordão solto. Calça desbotada não ligo. Mas

[15]

a dele tinha graxa. Camisa meio amarela, de não lavar. Barba de dois dias. E as unhas, João, eram tão limpas, agora pretas por dentro. Quem tinha saído de um buraco.

— Ainda mais lindo?

— No carro eu comecei: Aqui está o teu bagaço. Cinquenta e nove dias fugindo de mim.

— Ih, tenha paciência. Desse jeito não é que...

— Você não entende, João. E o cartão que te escrevi? Jogou no lixo? E a caneta que te dei? Esqueceu na gaveta? Daí ele falou: *Não tenho vocação de corno manso.* Que corno manso é esse? Diga quando, com quem te corneei? *Você sabe melhor que eu.* Não me diga que é o dentista. Essa, não. *Você adivinhou.* Esse dentista não estava enterrado? Por que não é sincero? Diz logo que não me quer. Depois que me usou quatro anos. Agora me joga pela janela? E o puto de olho fechado. Com a boquinha torta, só repetia: *Corno manso não sou.* Corno manso é a tua avó.

— E você não chorou?

— Tinha uma bola na garganta. Que subia e descia. Quase me afogando. Mas não chorei. Esse gosto não dei. Ele parou no cursinho. Pensa que fico aqui?

Não vê que são onze da noite? Me leve para casa. *Não sei onde é tua casa.* Não conhece Curitiba? Não disse mil vezes onde moro? Trate de encontrar. Daqui eu não desço. Ele tocou e parou. Não é aqui. Na outra esquina. Daí a última parada. Só quero que me diga. Eu não sirvo para você? Está tudo acabado entre nós? Hoje é o fim? E ele, ai que raiva: *Você é que sabe.* Parecia um bêbado, João. Cabeça encostada no banco. Daí eu gritei: Não tem olho para me ver, seu desgraçado? Seja homem, sargento. Ele, quieto e mudo. Desci, bati a porta, sem me despedir. Quando abri a da pensão, desatei a chorar. Subi a escada chorando alto. A Rosinha levantou, assustada: *O que foi, Maria?* Foi o puto. O puto que voltou.

— Puxa, que você...

— Abri a janela do sótão. Olhei para a rua. Ainda ali o carro. Engoli o soluço. Será que... Nessa hora o carro começou a andar. Daí, sim, eu chorei. Feito uma viúva. Até a última lágrima. Tão alto que a japonesa entrou no quarto e com a mãozinha assim: *Que de grave aconteceu?* Eu só berrava e soluçava, a Rosinha que falou: *Não ligue, dona Lin Su. Briga de namorado.* E a japonesa: *Um chazinho acalma?*

— Chazinho para japonês tudo cura.

— Chorando fiz que não. E a Rosinha: *Já dei água com açúcar.*

— Bobo de quem se apaixona. Homem vê a mulher por baixo, fica cheio de si.

— Estou na fossa, João. Sem vontade de fazer nada. Mando essa revista à puta que pariu. Não estudo mais. Tomo formicida.

— ...

— O baixinho da Bíblia já me disse que não sou louca de fazer isso.

— A fonte é Deus.

— Não sei se tenho mais pena dele ou de mim.

— O baixinho ou Deus?

*

— Como é? Almoçou com o viúvo?

— Que nada, João. Fugi. De ninguém quero saber. Do viúvo nem do hominho.

— Só de mim?

— O sargento é uma sanguessuga pregada na minha nuca.

— Não está muito faceira para vender revista? Bundinha oferecida nessa calça mais justa.

— Que ele odiava.

— E a blusa transparente?

— Que tinha proibido.

— Não se queixe de ser cantada.

— Isso ajuda a vender.

— Ainda bem já se conformou. O sargento não merece.

— Tão boba, não é que tenho esperança?

— Imagine se ele cisma de nós dois.

— Você acha que volta, esse puto?

— Sei lá. E eu afinal o que sou? Teu coronel ou padrinho?

— ...

— Teu pai ou amante?

O Nome do Jogo

Os dois jogam buraco na casa da Dinorá. Ele, aos berros:

— Por que essa carta? Não sabe que...

E ela, mãozinha trêmula:

— Estou confundindo as coisas — e um tapinha na testa. — Ah, é. Onde estou com a cabeça?

*

Telefona para a amiga:

— Sibila, venha depressa. Aproveite que ele está dormindo.

Dali a cinco minutos:

— Não adianta, Sibila. O homem acordou.

*

— A Maria não está bem.

— Eu é que sei. No dia em que papai teve a trombose, quem menos ligou foi ela. O pobre me telefonou. Sozinho em casa. Não podia falar, um gargarejo lá no fundo. Estava mudo, ele que era só gritos. Corri lá. Chamei o doutor Alô. Mamãe como sempre no cabeleireiro. Sabe o que disse? Quando contei o que acontecia? *O médico não saia daí. Quero tirar minha pressão.*

— E sobre ele nada?

— Nem perguntou se ia morrer. O mundo existe por causa dela. Já viu criança dengosa? Mamãe está assim.

*

Proibidos pelo médico de saírem sozinhos. Ela não se conforma:

— Que bom se a Colaca fosse viva. Daí me convidava para uma volta de carro.

*

— Aceita um figo cristalizado?

Ela, um caco de velha, vaidosa da cintura fina:

— Para mim, não.

Ele sempre guloso:

— Me dá um.

Pescoço estendido de cavalo antigo no cocho.

— Você, não, homem. Não seja esganado. De noite é indigesto.

Deliciada em poder negar.

*

— O eletro seguinte é meu. Já dei a vez para o homem.

*

— Sabia da Júlia? Igualzinha à pobre Maria. Alegrinha. Tocando piano. Só pensa em passear. Toda enfeitada, de luva e bolsa. Pronta para sair. A luz da varanda acesa. À espera de quem não vem, morto há muitos anos.

— Era assim o Juca. Arrumava a malinha. *Quero ir para a chácara.* Reinava, se não atendido. Punham no carro, dormindo já no portão. Uma volta na quadra e recolhiam o velhinho ferrado no sono.

*

No guardamento da velha:

— Deu no que a Santinha queria. Isso que ela gostava. Casa cheia. Velório com garçom.

*

— Biela, vamos juntos. De carro com chofer no enterro. Comendo broinha de fubá mimoso.

*

— Cadê a Maria?

— Lá na cama. Depois de cada discussão corre se deitar. *Apague a luz que vou morrer* — e cobre a cabeça com o lençol.

— Só de fiteira.

*

— Tão ruim, o meu velho. Já não calça o sapato. Caduca às vezes. Pergunta se tem banheiro na casa. Sentadinho, só quer dormir.

— E o meu, então? Não fala direito, com meia boca. Chora feito criança. Para essa viagem tive de arranjar dinheiro com os vizinhos. Mais um pouco vendendo a criação.

— Um boizinho?

— Que nada. Cabritinho, era o único. E as galinhas.

*

— É uma chantagista. Quando viajei, ela me disse: *Está beijando tua mãe pela última vez.* Eu, mais que depressa: Nada disso, mãe. Meu avião é que vai cair. Beijou pela última vez o teu filho.

*

No telefone:

— É o Pedro?

— Não. O Tito.

— O Tito está aí?

— Está falando com ele. O teu irmão.

— O Tito é muito bom. Gosto tanto dele.

*

— Mamãe montou na alma do pobre. Tudo é culpa dele. Os dois vendem a casa de campo. Daí ela: *Burro você foi de vender a chácara.*

— Brigam o dia inteirinho. *Não presta este apartamento. Aqui não aguento ficar. O culpado é você. Que alugou a nossa querida casa.*

— Só anda de táxi. Por quê? *Você não se desfez do carro? Quem manda ficar cego.*

— Com os berros dele no intervalo. Ela, de joelho e mão posta. Epa, cai de costas no tapete.

— Onde vai, ela cochila. Se acha um lugarzinho, deita e dorme quietinha.

*

— O Raul, pintor de aquarela no domingo, judiava da Lili. A triste era diabética. Passava fome.

Quando morreu, tão pobre, foi enterrada com o vestido emprestado pela vizinha.

— Ele judiava de que maneira?

— De todas. Deixando-a só. Negando comida. Até surrando.

— É vivo?

— Com mais de oitenta. Vivo e canalha.

*

— Se você continua gritando, homem, eu vou embora.

— Por que não vai? Azar teu.

Olhando para a visita:

— Veja o que esse aí me faz. Quer me matar. Não aguento mais. Me acuda.

Desmaio fingido no sofá vermelho da sala. Aos berros de João. Ela abre um olho:

— Pare de gritar, homem.

*

Chorando, ela disca todas as combinações possíveis. Mas não acerta o número da própria casa.

*

— Sabe o que ela diz que o João teve? *Não ficou mudo. Cego não ficou. Logo não foi trombose. Uma gripe forte. Mas já sarou. Basta ouvir os gritos.*
— Assim não precisa ter dó.
— Chegou aflitinha: *Me leve até lá embaixo, Sibila. Não sei andar sozinha de elevador.*
— Sempre a mesma...
— *E pegar táxi não sei.*
— ... tapeadeira.
— Descemos o elevador. Ela toda exibida de bengalinha. Onde é que vai, Maria, tão elegante? *Ao circo de cavalinhos.* Dia seguinte abro o jornal, dou com ela, faceira no chá das cinco.

*

Liga para a mulher do Pedro.
— Quem fala? É a...

Essa ouve que Maria cochicha para o João:

— Como é o nome da mulher do Pedro?

O João, aos gritos:

— Pedro.

— Não, seu surdo. Não o Pedro. A mulher?

Mais gritos. Sem descobrir o nome, desliga.

*

Não há sonífero que derrube o velho Duca:

— Vê se sou bobo de dormir — e cochila noites inteiras sentado no sofá. — Não acordo nunca mais.

*

— A Maria passou a tarde comigo. Tão desgraçadinha, a pobre.

— Já viu o João como está encolhendo? Cada dia mais pequeno.

— Sabe o que aconteceu com ela no táxi? No meio da viagem não sabia quem era nem para onde ia.

— ...

— Esteve lá em casa. Tive o cuidado: a levei até o carro, entreguei ao chofer o endereço escrito, pus o dinheiro na mão dela. Vá com Deus, Maria. Esse dinheiro aqui — e fechei a palma da mão — é para você pagar a corrida. Ela me olhou alegrinha, quem tinha entendido tudo.

— ...

— Já avisei: Não quero a Maria à tarde lá em casa. Depois eu não durmo. De peninha dela.

*

Agoniada, telefona para uma.

— Espere um pouquinho, Maria. Logo chego aí.

E para outro.

— Maria, já vou te pegar.

Sentadinha na ponta do sofá, pintada e de bengala nova. Gemendo, trôpega, afasta a cortina, espia da janela. Acendem as luzes da rua, negras árvores de sombra redonda na calçada, os pardais pipiam perdidos entre as folhas.

Mas você vai buscá-la? Nem eu.

*

Na hora de assinar, o velhinho muito fraco, com aquele óculo torto: *Como é meu nome? Quem sou eu mesmo?*

*

— Não seja bobo de se enterrar ao lado do João. Ele grita muito.

— ...

— Troque você com ele. Ponha o João no túmulo de nhô Eliseu.

— ...

— Fique com o Vavá. Esse é quieto e calado. E de noite tem a musiquinha.

— ...

— Bem saudoso no violão.

*

Ela se aproveita da visita do amigo:

— Já não posso com esse homem. Qualquer dia me atiro. Por essa janela. É o que ele quer.

— Seja doce, Maria. Há que ter coragem.

— Ai de mim. Corajosa não sou.

João assobia fora do tom e finge que não escuta.

— Sabe o que, na rua, ele me fez?

No voto de silêncio, João sacode furiosamente o joelho, até range o chinelinho.

— Quis me empurrar debaixo de um carro.

De pé, aos gritos:

— Essa mulher é louca. Quem vai embora sou eu. E já.

Capengando e gemendo arrasta-se pelo corredor.

— Uma judiação o que fez. Você é que sofre, está bem. E ele? Não sente nada?

— Ele é ruim.

— Seja mais tolerante. Veja o exemplo da Sibila. Não se queixa.

— Ela odeia em silêncio.

— Dele não sente pena? Não sabe que tem os dias contados?

Retorce a boquinha pintada, chora fácil.

— Você é meu amigo. O único.

— Faça alguma coisa, Maria.

Ela fala alto para o corredor:

— João. João querido.

O querido soa bem falso.

— Me desculpe. Volte, João.

Silêncio em toda a casa.

— João. Por que não responde?

— Espere aqui. Vou buscá-lo.

No fim do corredor empurra a porta do banheiro. Dá com ele, perna aberta, a testa na mão apoiada no azulejo branco. Umas poucas gotinhas pingam tristemente.

— Ela pede perdão. Não leve a sério. Está nervosa.

João estremece, sacode-se, abotoa-se — como sempre, esquece um botão. Suspira lá no fundo.

De volta, senta-se na ponta do sofá. O rosto meio escondido pela mão trêmula.

— Você me desculpa, João?

— Desculpo. Só fique quieta.

Ela aproxima a cadeira.

— Então me dê a mão.

De má vontade estende a mão esquerda. Depressinha ela a envolve entre os dedos gorduchos.

— Agora um beijo.

O amigo faz que olha pela janela.

— Não seja assanhada. A criada vem aí.

[33]

— Estou pedindo. Um beijinho só.

Ele se liberta da outra mão — as duas crispadas de artrite deformante.

— Olhe a menina. Fique quieta.

Ela oferece dengosamente a face.

— Me dê.

No maior nojo aflora o rosto medonho da velha.

— Pronto. Agora me deixe em paz.

*

Ela se pendura ao telefone:

— É da casa do doutor José? Ah, desculpe. Foi engano.

Eles reconhecem a voz. Falam que não é. Que já saiu. *Se for a Maria, diga que não estou.*

*

— Se você continua assim, João, atiro café quente na tua cara.

*

Atende no roupão florido de seda. Bem penteada, os cremes no rosto. Faceira, mas trôpega.

— Levantando agora?

— Quem dera. Acordada desde as cinco.

— E o João?

— Deitado. Não passou bem a noite. Queria chamar o médico.

Entrando no quarto:

— Minha vida é um desespero.

— Quem está mais doente? Você ou ele?

Da cama, João faz sinal furtivo: Estamos do mesmo lado, nós contra ela.

— Quer voltar ao passado. Ser menina outra vez. Não se conforma.

— Os filhos me abandonaram. Nunca estão em casa. Fim de semana sempre na praia.

— Um cuida da mulher. Outra, dos filhos pequenos. O que você quer mais? Teu marido não está aqui?

— Com você não posso contar.

E sai tropeçando do quarto.

— Tadinha. Tristura senil. Só falta dizer que é noiva do doutor Pestana.

As esclerosadas da família acabam todas noivas do doutor Pestana.

— E você?

Bem torto no travesseiro, pijama de pelúcia manchado de café com leite, a dentadura flutuando na boquinha torta.

— Que noite, meu velho. Se cuide, procure um médico. Já imaginou levantar nove vezes? Tremendo de frio, fico de perna aberta, o troféu na mão. Dez minutos depois é que pingam umas gotinhas — brasa de cigarro queimando.

— O que o doutor ...

— *Nervoso. Puro nervoso.* Olhe aqui para ele. Já pedi: Me opere. Diz que não dá.

— Com os anos foge o sono. Toda cama é forrada de pregos. Não é o único. Eu faz vinte anos que não durmo.

— Você deve ser achaque passageiro. Comigo é diferente. Com o calor a coisa dilata, não passa uma gota. Minha noite é um sonho acordado no inferno.

A Maria ali na porta:

— Desespero é o meu.

— Essa mulher — já viu? — não sossega.

— O que você quer, Maria? Ser a tia Eufêmia? Os três filhos sempre em roda. Um, bêbado. Outro, uma perna mais curta. Outro, bicha. E todos de boné xadrez.

Sem força de gritar, João bate palmas em surdina.

— Bem isso eu quero. Meus filhinhos em volta da cadeira de embalo. Beijando a mão e pedindo a bênção.

— E se não dá? O que se vai fazer?

— Qualquer dia me atiro. No vestido vermelho de veludo. Por essa janela.

— ...

— Se antes ele não me empurrar.

*

No jogo de buraco, de repente o olho parado, a boca aberta.

— Quer cartas, Maria?

— Hein? Que cartas?

— ...

— Me desculpe, Dinorá. Esqueci tudo desse jogo. Nem o nome eu sei. Me ensine outra vez.

O Sonho é Azul

— A moça te procurou? Do pozinho mágico?

— Ela mora no Pilarzinho. Diz que eu devo ir lá.

— E você vai?

— Credo, João. Minha mãe tem uma reza contra a tentação. Acende uma vela e pede por mim.

*

— Estou engordando aqui. Não acha?

— Deixa ver.

Com as duas mãos afaga a doce bundinha.

— O tamanho certo. Como eu gosto.

— Você não entende, João. A calça já não entra. Aquela branca nem fecha na barriga. Está sobrando aqui — não vê?

Ergue a blusinha na cintura.

— Não se nota.

— Se o desgosto é grande, a gente engorda. Assim de repente, sem querer. Será verdade?

*

— Como é o viúvo da cicatriz?

— Fomos a uma boate. Ele me tirou para dançar. Lá estive com o sargento — única vez que me levou e dançou comigo. Por azar, João, tocou a mesma música.

— Qual era?

— Que tanto pergunta. Daí garrei a chorar. Molhava o ombro do viúvo. Ele ficou brabo. *Não vim aqui para ouvir lamúria.* Me levou embora.

— Você é uma boba.

— Ninguém gosta de mim. Não me olham, não me querem. O que eu faço, João?

— Trate de casar. Tua irmã não é feliz com o barbeiro?

— Pensa que um bom casamento é botar água na moringa?

— Coragem, Maria.

— Aquela fonte da Bíblia secou.

[40]

— E os famosos provérbios?

— Nenhum me valeu.

— Seguiu meu conselho?

— Qual?

— Não sair como da última vez. A calça branca, justíssima. E a blusa transparente, deixando ver a barriguinha. Só pode dar cantada.

— Na rua eles fazem assim.

Estalido de língua seguido de assobio.

*

— No escritório um doutor pedante, unha polida, me deu uma cantada.

— Que idade tinha?

— Mais ou menos a tua. *Sabe que a moça é bonitinha? O senhor assina a revista? Primeiro sente aqui no sofá. A moça janta comigo?* Daí perdi a paciência, João. Quer saber de uma coisa? Vá cantar tua mãe. E saí batendo a porta.

*

— Não é ciúme do dentista. Só pretexto. Pensa que não sei? Tem outra, o sargento. Ai, que ódio. Aposto que mais bonita.

*

— Sabe o que me aconteceu no Dia dos Namorados? O hominho me convidou para ir à Praça Osório. Ficamos perto do repuxo. Ele, poético. Falando na mãe. Por que será, João, que todos os meus namorados têm mãe?

— ...

— De repente num carro quem eu vi?

— Não me diga que o...

— Bem ele. O puto. Me deu uma tremedeira. Com vontade de chorar. O hominho perguntou: *O que você tem?* Não repare. Preciso ir até em casa. Minhas mãos tremiam. Ele disse: *A revista é aqui pertinho. Tua casa é longe.* Eu tenho de ir. Queria me desviar do hominho. Deixei-o de pé na praça. Com a mão estendida. Fingi que subi a primeira quadra. E voltei. O carro estava ali na esquina.

— Até que enfim o...

[42]

— Que burra eu fui, João. Em vez de me plantar ali, só de idiota fui até a revista. Claro que tinha de acontecer. Quando voltei, o carro não estava mais.

— ...

— Devia ter ficado na calçada. Sacudindo a bolsinha. Como se minha ocupação fosse essa. Que beleza, João. Um encontro com ele no Dia dos Namorados.

— E esse hominho?

— Não faz meu tipo. Fala na mãe. Propõe casamento. Se casasse corneava o pobre todos os dias. Ele é engraçado. O braço lisinho feito o meu. Gosto de homem forte. Pelo no peito.

— Como eu?

Pobre doutor, nem um cabelo no peitinho murcho.

— Adoro o corpo do sargento.

— Por que não casa com esse baixinho?

— Será que não entende, João? Você parece a Rosinha. Ela também: *Não quer amparo? Ele te dá.* Dá merda nenhuma.

— E a Rosinha rompeu?

— Que nada. O magro volta. E ela aceita.

— A Rosinha dá para ele?

[43]

— Duas vezes por semana dorme fora de casa. O que você acha?

*

— Hoje estou com torcicolo. Não posso virar a cabeça.

— Nem eu. E com pressa. Não achou o sargento?

— Já desanimei. Que é que você acha, João? Às vezes desconfio que casou.

— Ninguém casa de repente.

— Mas uma puta ele tem.

— E quem não tem? Não esqueça que é homem. Peito peludo e tudo.

— Como você é maldoso, João.

— E os namorados? Não voltou à praça com o baixinho?

— Viajou para a casa da mãe. Quer que eu escreva. Me convida a passar lá uns dias. Comendo as broinhas da velha querida.

— Você vai?

— Que merda de vida, João. Sabe o que me aconteceu? Estava na feira. De repente um negrinho se

[44]

chegou. Já elogiando os meus olhos. Dizendo que nunca viu alguém tão linda.

— Que safado.

— Caí na asneira de dar confiança. O negrinho se grudou em mim.

— É preto?

— Uma castanha assada. A Rosinha falou: *Você é dos extremos. Agora um preto retinto.* O pior é que dei o número da revista. O negrinho não pára de ligar. Digo ao chefe que é um cliente. Na hora do lanche nem posso descer. O negrinho adivinha. Fica lá embaixo, esfregando a mãozinha rosada. Às vezes eu esqueço e dou com ele.

— Bem feito para aprender.

— Outro dia a Rosinha me seguiu de longe. *Você é ruim. Estava destratando o teu preto.* Fico tão contrariada, quem me vê acha que estou brigando.

— Deu esperança a ele?

— Que nada. Basta a mulher dizer não, o homem fica de joelho.

*

— Conte a verdade. Você namorou o dentista?

— Só um namorico. Ele foi lá em casa duas vezes.

— De dia ou de noite?

— Uma vez de dia. Outra de noite.

— Onde vocês ficaram?

— No carro. O banco de trás.

— Então houve bolina.

— Ficamos de mãozinha. Me deu um beijinho quando chegou. Dei outro quando saiu.

— No consultório nunca houve nada?

— De que jeito? Com a filha do Tavico ali de olho. E agora está noivo. Quer saber, João? Não gosto do corpo dele. A cara é linda, o corpo não me agrada.

— O sargento bem tinha razão.

— Isso foi inocente. E aconteceu depois de uma briga.

— Mas aconteceu.

— Você é um chato, João.

Confiada a esse ponto.

*

— Ontem sabe o quê? Estava na agência de turismo. Conversando com um cliente. Reparei no homem de terno — sabe que é lindo, João, homem de terno? Não me tirava o olho. Mulher vê tudo. Dei uma espiadinha nele. Que homem lindo, João. Corpulento, alto, dentinho de ouro. Foi logo me cantando. A conversa de sempre. *De quem são esses olhos mais verdes? Posso me ocupar deles?* Fiquei até com tosse. Começou a dizer tudo o que você sabe. Se vangloriando. Me convidou para ir à Confeitaria Iguaçu. Ele pediu uísque. Fiquei no martíni doce, com duas cerejinhas. Já contando, sem luxo: *Tenho três filhos. Com três mulheres diferentes.* Um sultão, João, caiu na minha vida.

— ...

— De uma coisa eu gostei. Tem uns trinta anos. Para mim homem há de ter mais de trinta.

— E menos de cinquenta?

— Pode ser mais. Até sessenta.

— Isso me deixa feliz.

— Outra coisa. A mulher deve ser mais bonita.

— O sultão é mais feio que eu?

— Bem vistoso. Lutador de caratê.

— E gabola. Grande mentiroso. Esses filhos ainda vão nascer.

— O corpo é bonito. E de colete. Não essas calças enjoadas. Iguais às do negrinho. Rosa-chocante, já viu? Me convidou para ir a São Paulo. Até passagem de avião ele paga.

— O que ele quer é te comer. Da confeitaria foi embora?

— Eu disse que ia visitar um cliente. Na Galeria Asa. Ele foi junto. O cliente não estava. O corredor vazio, meio escuro. Ele me enlaçou, João. É assim que se diz? Me apertou e me beijou.

— Ih, você não gosta de beijo.

— Eu disse: Ele me beijou.

— Deixou excitada?

— Credo, João.

— E ficou só no abraço?

— Estava na hora do avião.

— Entre ele e o sargento, com quem ficaria? Esse usa terno. E o sargento, calça engraxada. Qual é o melhor?

— Certo que o sargento. Tenho chorado tanto, João. Agora com mania de ver retrato. Meu velho

[48]

álbum. Monte assim de fotografias. Uma tirada no campo, a que dói mais. Minha irmã bateu. Nós dois deitados, rindo felizes. No canto aparece até a fumacinha do churrasco. Por que será, meu Deus, isso foi acontecer?

— Calcinha nova, hein? Amarela.

— Cor da folia.

Afogueado, ele cochicha no ouvido e funga na nuca.

— Pare com isso, João. Você não tem vergonha?

*

— Já não aguento a petulância do negrinho. Sabe o que ele fez? Mandou um cartão-postal.

— Aberto ou fechado?

— No envelope. O safado escreveu: *Queria ser um beija-flor para sugar o mel dos teus lábios*. Ai, me deu uma raiva. Que burra eu fui, dizer o telefone. Esse negrinho não me deixa em paz. Naquela noite de chuva eu estava na porta do colégio, esperando o Jonas, professor de Biologia. De repente ali o negrinho. *Gostaste do cartão?* Detestei. E não fique aqui me velando. O professor já desce. Não pense que é namoro. Só vai me dar carona. O negrinho: *Guarda--chuva eu tenho*. Dispenso teu guarda-chuva. Saia logo que o professor já vem.

— O pretinho não tem algum encanto?

— Sem gosto para se vestir. Exibido. Gabola. Já não o suporto. Até a voz é enjoada.

— E o hominho da Bíblia, como vai?

— Ainda visitando a mãe. Dizem que os baixinhos, esses bem pequenos, são bons de cama.

— Obrigadinho pelo cumprimento. E ele, que tal?

— Ninguém sabe. Me dá uma balinha, João?

— A última. Chupe, não morda. Está de olhinho cintilante.

— Ah, se você soubesse. Foi o sonho que tive.

— Me conte.

— Agora, não. Sinto vergonha.

— Seja fingida.

— Não te digo.

— Que luxo, hein? Algum segredo entre nós? Esconder de mim um sonho, que bobagem. Sabe que falar faz bem?

— Você é impossível, João. Jure que...

— Por Deus do céu.

— Sonhei que estava numa cama de casal. Só de calcinha. Um homem comigo.

— Como ele era?

— Assim não conto mais. No sonho não deu para ver.

— Bonito pelo menos?

— Como é teimoso, João. Já te disse. Não pude ver. Ele me dava uma vontade louca.

— Vontade de quê?

— De ser comida.

— Em que posição vocês estavam?

— Ele por cima. Às vezes meio de lado. De repente — sonho, não é, João? — o tipo sumiu. Sabe quem no lugar dele?

— Não me diga. O...

— Ele mesmo. Nessa hora eu estava nuazinha. O pobre gemia: *Eu não posso, Maria. Ai, me ajude.* Fui ficando aflita. A cama ali no meio da sala. Uns homens entravam, olhavam e saíam. Já viu que engraçado? E mais vergonhoso? Eu, nuazinha, perna aberta. Ele me beijando. E eu dizia: Está louco, André? Não vê essa gente passando?

[51]

— E você tinha desejo?

— As duas coisas: tesão e angústia. Até que dei um grito.

— Me conte da cama.

— O sonho já acabou, João.

— ...

— Era preta. De guarda alta. O travesseiro, um só. Fofo, alto. E a colcha, como em todos os sonhos, era azul.

— Sabe o que significa?

— ...

— Que o sargento está na tua cabeça.

— O grandíssimo puto.

— Não corra atrás. Ele que volte, se quiser.

— E a saudade?

— Deixe que ele sinta.

— Acha que devo esperar?

— O que é a vida? O que a gente faz na vida se não esperar?

— Me dá mais uma nota, João. É aniversário de minha mãe. Sessenta e cinco anos, já pensou?

— Só esta vez. Não fique mal acostumada.

— Merece um beijo. Não. Um só.

— E você tenha juízo. Não invente de dar para o negrinho. Se eu fosse mais moço, casava comigo?

Cala-te, João. Já tentou riscar no quadro-negro o voo fugitivo do assobio?

— Decerto. Deve ter sido lindo de bigodinho.

Um Bicho no Escuro

— Morto o braço esquerdo. Perdida a esperança de acordá-lo. Nem o massagista vem mais.

— Mas não se entrega. Amassando o lenço na mão direita.

— Muito brioso para se queixar. Às vezes se obra inteirinho. Quando abusa do virado com torresmo. Do lombinho de porco.

— A gula é o triste pecado do velho.

— Ele, o rei da casa, ser lavado da cintura para baixo. Sem força para se arrastar ao banheiro.

— E o troféu sob a cama?

— O último orgulho. Recusa-se à humilhação do papagaio verde de plástico.

— É um castigo para a família?

— Dá pena de nhô João. E da velha também. Os filhos, o senhor sabe como é. Chegam na porta e pedem a bênção de longe.

— Isso dói.

— De sua meia boca ninguém ouve: *Não aguento essa vida. Que Deus me leve.* Quase não sai de casa. Lembra-se da última visita? Lá na cozinha.

— Lenço vermelho no pescoço, poncho e botinha de sanfona.

— Não quer deixar a cama. O triste pijama de pelúcia, manchado de café com leite. No ombro a manta xadrez de lã.

— A distração é o radinho ligado o dia inteiro.

— Eu e a velha pensando um jeito de contar. Entrei no quarto, esfregando as mãos. Ele atalhou: *Já sei. Ouvi a notícia. O Lulo se foi. É o quarto parente* que falta. O sobrinho Antônio já disse: *Eu não visito o tio João. O próximo não quero ser.*

— Esse o maior ingrato. O preferido de nhô João.

— *O que dói não é a vida*, ele me disse. *Não é estar assim. Meu sentimento é ser um estorvo. Se ainda houvesse um jeito de quebrar o pescoço.*

— ...

— *E não me diga, Tito, que Deus é grande.*

*

— Uma feiticeira baixa e gorda. Ajudava as pessoas a morrer. Com um galhinho de arruda.

— Havia disso naquele tempo? Não eram só as carpideiras?

— Ela ficava na beira da cama. Sentadinha, rezando. E o doente...

Cai na risada, tosse, perde o fôlego.

— ... não tinha outro remédio.

— Dessa eu não sabia.

— Nas Porteiras tinha uma. Famosa. Também negra velha. Branda era o nome. Um alemão ficou muito mal. Chamaram a Branda. Na beira da cama ela sacudia a arruda: *Diga Jesus, seu Alfredo.*

Embrulha a língua, tanto que ri até lacrimeja.

— Que é isso, nhô João?

Tosse mais um pouco.

— Um nome feio em alemão. Que a negra não entendia. Cada vez que ela invocava — *Diga Jesus,* o pobre acudia — *Vá à merda,* em alemão. E assim foram até o fim.

— ...

— Quase a negra arrepia carreira.

— E o alemão não disse — *Ai, Jesus?*

— Morreu, mas não disse.

O Tito que volta com o chimarrão.

— Mulher desse tipo mecê dispensa, não é, nhô João?

— Morrer é fácil. Com Jesus ou sem ele, não é o que todos fazem?

— ...

— Medo não tenho de bicho no escuro.

Impávido na força dos setenta e três anos.

— Preciso de quem me ajude a viver.

O Tito, apontando a parede:

— De preferência uma daquelas.

Ali a folhinha da moça nua — o velhote bem aprecia.

— Com uma dessas valia a pena.

— Viu o velho? Como é gabola?

— Senti a falta da criação, nhô João.

— Mecê fala do portão aberto.

— Não é estranho?

— Mandei consertar a cerca. A criação está na chácara do Emílio. Sabe onde é? Aquela que foi do Nonô Pacheco.

— Me lembro do velho Pacheco. Marido de nhá Zulma. Viúva, casou de novo. Com seu Joca Pires.

— E viúva fica outra vez.

O Tito:

— Um mulherão, nhá Zulma. Na segunda viuvez aqui o velho pensou nela.

Sombra de tristeza, olhinho lá longe.

— Não é mentira.

Na mão válida, para ativar a circulação, machuca o grande lenço azul.

— Estive com nhá Zulma outro dia. Quase setenta anos. Um jeito de quem foi bonita. Só meia cadeiruda.

— Isso que era o bom. A modo que mecê não gosta.

Envergonhado da pouca sabedoria:

— Como é a história de nhá Zulma?

— A chácara foi da Maria Pacheco, mãe do Nonô. Essa mulher era minha amiga como se fosse um homem. Eu, ela e o Firmino sempre à caça de tatu.

— Em noite de lua cheia.

— Ela trazia a cortadeira. Ao sinal do cachorro, abria o buraco. E puxava o rabo do tatu. Se eu não fosse ligeiro, quem carneava o bicho era ela.

— Famosa no facão.

— Certa manhã eu e o Firmino, pelas bandas do Mato Queimado, demos com um veado viçoso — era uma veada. Sem chifre. O bicho acabou no terreiro de nhá Maria. Nós e os cachorros atrás. Achamos o veadinho amarrado ao pé da cama. Ela acuou o bicho numa cerca e laçou de um golpe só.

— Por que levou para o quarto?

— O oitão da casa em reforma. E a cama estava na cozinha. Ela dormia a par do fogão. Enquanto preparou o mate, demos a polenta aos cachorros. E passamos a tarde na maior prosa.

— Ainda não entendi o caso da Zulma com o Nonô.

— Era filho único. O encanto da Maria Pacheco. Tinha uma bodega de beira de estrada. A Zulma, um mulherão, deixou o marido e foi viver com o Nonô.

— Isso que é amor.

— Nhá Maria de desgosto não comeu mais. Morreu de não comer.

— E durou quanto?

— Uns dois meses. Nunca mais pôs nada na boca. O farmacêutico uma vez esteve lá. Depois falou: *Ela não tem achaque. Doente não é. Por que a senhora não come?* E a velha: *Porque não me apetece.* Assim ela definhou.

— Isso que é ser braba.

— Daí o Nonô se instalou na casa. Nhá Zulma ali reinou até ele morrer.

— Ah, se pudesse, nhá Maria lhe puxava a perna grossa.

— Deve ter tentado. E ficou enroscada no oitão.

— Dos Pacheco quem deixou fama foi o Carlito. Aquele que se matou.

— Debaixo do pinheiro. Uma cruz, a cerquinha em volta, o mato cresceu. Quem chega perto vê no medalhão o retratinho apagado. No meio da coroa de papel crepom — lembrança do último Finados.

— Ali a par da estrada. Lado esquerdo.

— Sempre que passava, cuidei da cruz do Carlito. Túmulo engraçado.

Outra vez a tosse do riso.

— Sem defunto.

— Moço lindo que por amor se matou.

— A noiva fugiu com outro. Morreu de saudoso. Sentou-se debaixo do pinheiro, fumou um cigarro

[61]

de palha, enfiou a pistolinha no ouvido. Foi achado pelo Zé Mudo.

— E o Mudo mecê conheceu?

— Como bebia, esse aí. Negro alto, que gingava o bumba meu boi.

— Lá em casa, antes de abrir a porta, pelo cheiro a gente sabia quem era.

— Bom dançarino. Todo sábado havia fandango.

— Mecê também bailava?

— Onde já se viu? Espiava os negros saracoteando.

O Tito:

— E as negras rebolando. O interesse era pelas negrinhas.

— Nunca fui muito apreciador. Mas não enjeitava.

— E do Zé Mudo aqueles tocos de dedo?

— Golpe cego de facão. Uma vez deram um tiro no infeliz. Muita noite dormia bêbado no campo. Como um bicho, agachado. Quando me contaram do tiro, pensei logo: Aposto que foi o Tibúrcio.

— Como desconfiou?

— O velho Tibúrcio era muito medroso. E a pistola dele não valia nada. Na bodega do Nonô apontou no cachorro branco dormindo ali no degrau — e o chumbo nem varou a orelha.

— Que judiação.

— Com o Mudo foi assim. O Tibúrcio era guardião. Voltava para casa, ainda no escuro. Deu naquele bicho de croque, um ronco esquisito. Achou que fosse visagem. Atirou de pertinho e saiu correndo: *Eu vi a morte. Foi a morte que eu vi.*

— Mecê acudiu o Zé Mudo?

— Uns perdigotos ficaram na mão. E outros mal furaram a camisa. Grudados no cascão da barriga. Ele gemia, mais que dor, na aflição de gritar: *Foi o Tibúrcio. Peguem o carniça do Tibúrcio.*

— ...

— Sabe que o coronel Bide me intimou? *Foi mecê que atirou o Mudo?* Bem eu que não fui.

Cara fechada na presença do feroz delegado.

— Primeiro, que não saio à noite. E segundo, a minha pistola não nega fogo.

*

Decide ir à festa dos setenta anos de nhá Zulma. Enfeita-se de chapelão, lenço vermelho e botinha — só dispensa as esporas prateadas.

— Que imprudência, nhô João — arrisca a velha.

Nem se digna responder. Com a ajuda do filho, monta pesadamente na famosa égua pintada. A mão inútil na tipoia, envolto no poncho cinza de franja, a rédea firme na destra.

Na meia hora de viagem não diz uma palavra — o filho estranha a palidez do velho que, por duas vezes, enxuga o suor da testa. Mal chegam à porteira:

— Vamos para casa, filho. Não quero fazer feio.

Já se ouve a sanfona ali perto.

— Estou com uma dor no braço. Caminha até o pescoço. E dói mais no peito.

Cruzam a ponte e o fim da tarde. Agora a viagem é mais longa. Começa a gemer baixinho. O filho, ansiado:

— Passou a dor, pai?

Boquinha torta, só resmunga:

— Haaam... haaam...

Entrando em casa, o filho o ampara até o quarto — nhô João vai andando, não é homem de se entregar.

— Pai, quer passar uma água nos pés?

— Hoje não carece.

Deita-se e cobre-se. Mal o filho fecha a porta, quietinho morre. Até o fim não fez feio.

A Letra do Assobio

— Está pálida.

— Ai, João. É dos cuidos.

— Tem falado tão pouco.

— Sou assim.

— Não contou mais do sargento. Do viúvo da cicatriz. Do hominho da Bíblia. Onde estão eles? Que fim levaram?

— Credo, João. Você decorou minha vida.

*

Já vesguinha.

— Dá um cigarro, João.

O eterno pedido.

— Pelo menos uma bala azedinha.

*

— Uma novidade para te contar.

— Não diga que ele voltou.

— Que nada. Um novo amor.

— Bom para você.

— Novo amor — dele por mim.

— Me diga o nome.

— Não precisa saber.

— Pelo menos se é moço.

— Não digo, João. Só que é magro, alto, feio. E ganha bem.

— O noivo ideal.

— De magro não gosto. E não tem pelo no peito.

— Mania essa, pelo no peito.

— Bem me carrega no colo. Lá em casa, outro dia, tinha uma poça de chuva na frente da porta. Me levou nos braços até o carro.

— Então sai casamento?

— Sei lá. Enfastiada dele. Você parece o carioca que trabalhou na revista. *Assim que a Maria case, repetia, ela vai ser minha.*

— Eu também quero a Maria.

— Daí venho aqui: Casei, João. Agora sou tua. Disponha.

*

[68]

— Estou com pressa.

— Pelo menos um roçadinho.

— Roçadinho resolve? Só excita.

— Você, hein? Um sorvete e falando em excitação.

— Não conhece o sabor deste sorvete.

— Baunilha ou chocolate?

— Adivinhe. De qual gosta mais?

*

— Hoje, sim. Ninguém me tira o olho.

— Pudera, este peitinho à mostra. É provocação. Deixa eu pegar.

— Não aperte. Agora no elevador um velho me seguiu. Quase me comia de tanto espiar. Sabe o que é, João, não despregar o olho?

— Certo que sei.

— Foi tão insistente, tão atrevido, não se conteve: *Viva a primavera!*

— Minha primavera é você, Maria. Cuidado com este peitinho.

Ele inteiro na boca.

*

De repente:

— Vamos pôr nas coxas, João?

— Você gosta?

Bem vesguinha.

— Gosto.

— Feche o olho. Pense que sou o primeiro namorado. Aquele que te baixou a calcinha.

*

— Não aguento a comida da japonesa.

— Você está gordinha.

— Gordinha de sanduíche. O café sem leite. Aguado. Com pedaço de pão seco. Já disse: Tão ruim este café, dona Lin Su, devia ser de graça.

— E você toma?

— Que nada.

— Você é burrinha. Se não tem leite, por que não guarda na geladeira um pacote? Só para você?

— Burrinho é você. Daí os outros bebem. Cada moça que chega, um golinho. E para mim o que fica? Se fosse o café, João. O almoço, ainda pior. Bolinho de feijão. Salsicha com farinha, azia na certa. Carne, que é bom, ela nem conhece.

— ...

— Me desquito em casa. Mãe, faça um bife acebolado, bem gordo. Como eu gosto. E a galinha da mãe, João.

— Moela, coração e sambiquira.

— Recheada, João. Com azeitoninha no meio.

— Verde ou preta?

— Ai, tão cheirosa.

— Me deixa com água na boca. Pela galinha e por você.

— Tenho fome, João. Sabe o que é fome?

— E o sargento, quando ia à tua casa, comia muito?

— Três pratos. Tão guloso, chegava a ter soluço.

*

— É o João?

— Quem mais?

— Preciso de dinheiro.

— Hoje não tenho.

— Não minta. E não seja ruim. Preciso de qualquer jeito. Senão, como é que vou para casa?

— Onde você está?

— Aqui pertinho. Só subir.

— É que vem um cliente.

— Não faz mal. Nem olho para ele. Depressinha, João. Você dá o dinheiro e vou embora.

Logo ali, afogueada e ofegante.

— O cliente está?

— Ainda não chegou.

Estende uma nota pequena.

— Briguei com a diaba da Lin Su. Vê se é coisa que se faça. Hoje, cinco da manhã, bateu na porta. Acordei, assustada. Quem é? *Maria, será que aconteceu com a Rosinha? Até agora não veio. A Rosinha foi à pequepê. E a senhora por que não vai?* De manhã ela me olhou torta. Pomba, João. É novidade a Rosinha pousar fora? Você sabe, todos sabem. Uma vez por semana ela dorme com o noivo. Que ideia, a desgracida me acordar. Cinco da manhã, o que aconteceu com a Rosinha? E meu sono de beleza? Não bastam os malditos galos?

*

[72]

— Outras meninas, na posição em que está, elas gemiam e ganiam. Nem suspira, você.

— Sou assim. Já disse. Também, esta droga de vida.

— Veja como é quentinho.

— ...

— Fale: O João está com o... na... da Maria.

— Não diga nome feio, seu bobo.

*

— Já esqueceu a manhã do nosso primeiro encontro.

— Faz tanto tempo.

— De calça branca. Blusa azul. Era linda nos dezoito aninhos. Corri atrás: Moça, espere um pouco.

— Você me cantou.

— Eu disse: Não se lembra de mim? O doutor João. Amigo de seu pai. Quer ir ao meu escritório? Uma oportunidade para a moça. Vi que ficou assustada. Vá sem medo, eu disse. Sou bonzinho e respeitador. Dobrei o canto do cartão.

— Bobinha, eu peguei. Parece tão longe.

— Quatro anos. Sou o mesmo, não mudei. O coração, ao menos.

*

— Passou o Finados em casa?

— Passei.

— Foi ao cemitério?

— Não gosto de ir nesse dia. Tem medo de cemitério, João?

— Um pouco.

— Eu, não. Vou lá aos sábados. Acendo uma vela na cruz das almas. Nesse sábado eu fui. Não tinha ninguém. Nem o coveiro.

— Só você e as almas.

— Caminhei até a cruz. E o vento não deixou acender a vela. Cheguei a pôr uma velinha na palma da mão — nem assim.

— E você reza? Pede alguma coisa?

— Peço por mim. Peço. E peço.

— De repente elas atendem.

*

— O pai andou doente. Pneumonia dupla. Me avisaram que estava no hospital. Entrei no quarto, ele gemia. Daí me viu. Meio de lado. *Veio por minha causa?* Sim, pai. Me chamaram. Ele suspirou: *Então estou ruim para morrer.*

— Uma judiação o que fez. Não devia ter falado assim. Bastava dizer: Vim porque hoje era dia.

— Isso é fácil para você, João. Para mim, não. Fingir não sei.

— Às vezes é preciso.

— Comigo, não.

— Você tem mesmo esse cabacinho?

— Aquele homem que me levou ao hotel não fez nada.

— Por quê?

— Precisa que te explique, João? Eu não podia.

— ...

— Da outra vez, adivinhe.

— Só pôs nas coxas?

Cabeça baixa, vesguinha.

— Diga. Pôs?

— Sim.

— Você gostou?

— Já te disse. Veja meu seio, João. Como está grande.

— Até furando a blusa.

— Será que devo ir ao médico?

— Deixa eu apalpar.

— Dolorido. O sutiã incomoda. Só de roçar, dói. Antes eu sentia essa dor naqueles dias. Daí passava. Agora é sempre. Isso me chateia, João.

Ele apalpa demoradamente.

— Lindos que estão. Cheios, como eu gosto.

— Ai, não aperte.

— Veja como é quentinho. Não faz um elogio? Ele está esperando.

— Credo, João. Você é um safado.

*

— Fique de pé. Quero pôr nas coxas.

A calça caída aos pés. Aquelas pernas mais brancas, nem uma pinta ou mancha. Cabelo no olho, envergonhada.

— Veja, amor. Ele está olhando para você.

Sabe o que ela diz?

— Não seja bobo, João.

*

— Vivíamos aos tapas. Ele não tirava da cabeça o dentista. *Você me traiu, sua cadela. Aproveitou minha viagem para namorar o dentista.* Chegou a dizer que eu tinha marcado dois encontros. Isso é mentira, João. Maior mentira do mundo. Tudo obra de algum intrigante.

— Um namorinho houve. Você me confessou.

— Dois domingos foi lá em casa. Saímos juntos. Bebemos uma caipirinha no Bar Sem Nome.

— À tarde?

— De manhã. Pouco antes do almoço.

— Isso não é namoro?

— Para mim, não.

*

— Que um amigo telefone para a casa dele. Saber se é casado.

— Por que não você? A mãe te gosta, não é?

— Até presente dei para ela.

— Alô, dona Zefa? Aqui é a Maria. Ainda sou a mesma. Não esqueci da senhora. Estou ligando para lhe dar um abraço. Se o meu noivado com o André acabou, amiga da senhora ainda sou. E o André, dona Zefa, como vai? Ele casou?

— Veja, o coração pulando na boca. Primeiro porque adivinhou o nome.

— ...

— O maior medo quando falou: *E o André, dona Zefa, como vai?* Se ela responde: *Casou,* eu até morria.

— E se ele voltasse?

— Eu aceitava. Tudo como antes.

— Como antes, não. Briga todo dia. É puto...

— Vagabundo, desgraçado, filho da mãe.

— Viu só?

— Engraçado, João. Como sabia o nome dela?

— Isto é segredo.

*

— Eu devo perguntar. Mas não quero ouvir.

— ...

— Que ele casou.

*

— Esse Natal foi diferente. A doença do pai. Passou gemendo, uma pontada no peito.

— Ainda a pneumonia?

— Parece que coração. Não há dinheiro que chegue. A mãe sempre fazia pinheirinho, uma comida melhor. Era aquela festa.

— Você gostava?

— Detestava. E sabe que agora senti falta? Não aguentei de ver o homem deitado. Peguei o ônibus, aqui estou.

— Filha ingrata.

— Resolvia eu ficar lá? Minha paciência é finita.

*

— Da última vez não gostei.

— Culpa minha ter cliente na sala?

— Sente no meu colo.

— Nunca sentei. Nem vou sentar.

— E tua irmã, me conte. É feliz com o barbeiro?

— Sabe o que ela me disse? *Maria, não case. Nada pior que o casamento. Marido só azucrina. Criança chorando não tem graça. Conselho de irmã: Nunca se case, Maria.*

*

— Sentiu saudade?

Cabeça baixa.

— Saudade não sentiu. Pelo menos, falta? Um mês inteiro longe.

Olhinho vesgo, não responde.

— Fale.

— ...

— Está linda e cheirosa.

— Cheirosa sempre fui. Tomo banho toda manhã.

— Por que não desabotoa?

— Ai, que calor.

Em vez de erguer, tira a blusa. O sutiã bem pequeno.

— Primeira vez nuazinha. Só de sapato. Depois de quatro anos. Puxa, você é linda. Solte o peitinho.

— Cuidado. Que dói.

— Ai, tirar leite deste biquinho. Vire. Não. Assim. Aquela confusão medonha.

— Te dou mais. Não se arrepende. Deixe.

— Ai, não.

Desgracida de uma peticinha sestrosa.

— Tenha medo. Não faço nada.

Beijos molhados na penugem do pescoço — ó rica pintinha de beleza.

— Posso sentar?

Envergonhada de estar nua — a última virgem.

— Ainda não. Quero você inteira. Nos meus braços.

Salto alto, a bundinha aprumada. Ó vertigem da página em branco. Seio de olhinho aberto, um para cada lado. Ora direis, ouvir estrelas.

— Tudo. Menos beijo. Na boca, não.

*

— Essa puta vida. Que é que eu faço, João?

— Arranje um homem sério.

— Homem sério não me procura.

— E eu? Não sirvo?

— Qualquer dia, João, começo a dar.

*

— Por que não geme? Grita? Suspira?

— Sinto vergonha.

— Vergonha de quê? Não sou tua melhor amiga?

*

De joelho e mão posta. Beijando, suspirando, gemendo. Pelo nariz, você geme.

E, sem erguer o giz do quadro-negro, risca certinho a fuga ligeira do assobio.

A Segunda Mulher

— Sou desquitado, o senhor sabe.

— Não sabia. Sobre o desquite que vem tratar?

— Que nada, doutor. Já estou quase divorciado. Essa primeira mulher nem sei se existe.

— Faz muito que não a vê?

— Depois da separação vi uma vez. Ia descendo do ônibus, ela se bateu em mim, muito assustada. E sumiu no meio do povo. Parei e olhei para trás — lá se foi para sempre. Vida engraçada, o senhor sabe.

— Como é que a conheceu?

— Não é de encrenca. Por ela não estou aqui.

— Então me conte.

— O que o senhor perguntou mesmo? Ah, como foi que a conheci? Dela gostava desde pequena. Muito branca, toda loira. Um dia soube que estava grávida — e não de mim. Fiquei com pena e casei. Não era de enjeitar, bem engraçadinha. Nasceu um menino. Meus pais criaram. Ele cresceu, virou malfeitor. Um dia no Faxinal,

[83]

ouvindo rádio, dei com o nome dele. Tinha sido morto pela polícia. Era só enterrar. O que fiz: enterrei e esqueci.

— E o casamento? Por que não deu certo?

— Eu estava na venda da esquina. Um tipo faceiro me perguntou: *Você é o José?* Sou. *Tua mulher é a Joana?* Por que pergunta? *Sou amante dela.*

— Barbaridade.

— Na hora pensei em acabar com o vagabundo. Como guarda-civil andava armado. Sorte que ele trazia uma criança pela mão. Desisti. Essa mulher saiu da minha vida. Dela não sei mais.

— Essa foi a primeira. E a segunda, José?

— Da segunda é que vim falar. Da segunda e da terceira. Por causa da segunda pus tudo fora. O advogado me assustou: *Ela tem direito. Vai tirar tudo que é teu. Venda, José, venda.* Me desfiz do barraco. Foi quando conheci a italiana.

— É a terceira?

— Essa foi tão boa que sou capaz de voltar para ela. A culpada de tudo foi a velha. Você não pode ir comigo por causa de tua mãe. E eu não posso continuar aqui por causa dela. Uma velha de oitenta anos. Quase me acertou com o troféu.

[84]

— Que troféu?

— Ora, doutor. O urinol.

— Ela te perseguia?

— No começo, sim. Mas foi perdendo o fôlego. Deixei a italiana. Fizemos um acordo. Ajudo a menina com um nadinha da aposentadoria.

— Teve filho com ela?

— Uma menina. Essa mulher não me atrapalha, o senhor sabe. Periga de me juntar outra vez. Vim consultar o doutor por causa da segunda.

— Então se explique.

— Depois que botei fora o que tinha — o barraco, o pé de milho, o porquinho —, ela me atraiu outra vez. De burro, larguei a italiana e voltei. Eu com o menino.

— Espera aí, José. Que menino é esse? Da primeira ou da terceira?

— Nenhuma delas. Tem catorze anos agora. Está ficando mocinho. Vende sorvete no carrinho.

— Como sabe que é teu?

— Só olhar para ele. Eu não era esperto quando menino? É espertinho feito eu.

— Quem é a mãe?

— Uma viúva.

— Mais uma?

— Essa eu conheci logo que deixei a primeira.
Antes de viver com a segunda. Com ele eu fiquei.
Sabia que era meu. Comprei outro barraco. Trouxe
o menino. Tudo ia bem. Isso foi em outubro de 69. O
guri tinha quatro anos. Eu estava no Faxinal, lidando
com as abelhas. Antes de pegar o ônibus, mudei de
roupa, matei uma galinha.

— Para a segunda?

— Trouxe embrulhada no jornal, fazer uma canja
à noite. Torci o pescoço, chegou ainda quente. A casa,
quando entrei, vazia. O senhor sabe, vazia. Tinha
levado tudo o que era meu. Fogão de lenha, a mesa
de fórmica, o sofá vermelho, três elefantes de louça.
Não deixou nada. Junto da cerca, vi um monte de
lixo, tirei a galinha do jornal — pinchei para cima,
o mais alto que pude.

— E o guri, José?

— Sabe que não me lembro.

— O guri? Ela não levou?

— Já sei. Deixou com a vizinha.

— Isso aconteceu há tanto tempo. Por que agora
me conta?

[86]

— O senhor é que me faz falar.

— Foi internado quando guarda-civil?

— Dos nervos, o senhor sabe. Lá no Asilo Nossa Senhora da Luz. Um par de vezes. A segunda que me internou e me aposentou. Crise de ausência, dizia o doutor Alô. Eu me retiro de mim mesmo. Com o choque elétrico depois eu volto.

— Aposentado por motivo de saúde?

— Não pense que tenho veia rebentada. A cabeça está sã, inteirinha. Só este ano um ameaço de derrame.

— Bobagem, José.

— Fui pegar na caneca — e ela caiu. Quis abrir a porta — e o trinco não virou. Daí me sentei. Que é isso, minha mão?

— ...

— Ainda bem que respondeu.

— Você fica esquecido?

— Não posso é com a agitação do comércio. Gente que pula e grita na calçada. Todos me perseguem e atropelam.

— Calma, José.

— Agora sou vigia da noite. Sem ninguém reinando por perto. Na calada só os passos da minha sombra.

[87]

— Tem razão, José.

— De 69 para cá, doutor, conheci a italiana. Fiz filho na italiana. Briguei com a mãe da italiana. A velha morreu, sabe. Com troféu e tudo. E sabe que a segunda é ladina? Não é que me fez voltar pela terceira vez?

— Que idade tem ela?

— Dez anos mais que eu.

— Você na força do homem.

— Faz cinquenta e oito em janeiro. Parece uma menina. Faceira, gosta de samba. Dança até o puladinho.

— E tem cara de menina?

— É conservada, doutor. Usa máscara.

— Como assim?

— De beleza. Os cremes dela. Até cílios ela tem. Diz que não pode piscar — lacrimeja. Uma tarde, fingi que estava dormindo. Na janela falando com a vizinha: *Minha vida com esses negros* (eu e o menino, doutor) *vai bem. O guri vende sorvete. E o dinheiro de quem é? Muito meu. O velho* (me chamou de velho, doutor) *traz mel, galinha, batata-doce, feijão. É preciso mais?* Agora me responda, doutor. Vale a minha palavra?

— Tua palavra não vale, José. Da vizinha, sim.

— Então estou perdido. A vizinha me vira a cara.

— Os dois estamos perdidos. Ainda não sei, José, por que veio aqui. Ela não é tua mulher. Não tem filho com você. No que pode te atrapalhar? Conte depressa, que se faz tarde.

— Foi em agosto, doutor. Eu estava em casa. Ela ao meu lado. Toda enfeitada. Vimos um filme na tevê. Quando acabou, peguei no colo: Vem cá, loirinha.

— A intenção era deitar com ela?

— Minutinho, doutor. Minha tenção era agradar. Depois, sim. Nosso destino era a cama. Sabe que, sem aviso, me pregou uma unhada aqui — saiu sangue. Pera aí, mulher. Que é isso, mulher? Corri para o espelhinho. E lá ficou rogando praga.

— Por que fez isso?

— Sabe que nesta casa não posso continuar. Disse e resolvi dormir fora. Ela gritava nome de mãe. No caminho da pensão dois guardas me seguraram. Um deles, o mais brabo: *Você matou tua mulher. Você está fugindo.*

— Como é que podia saber?

— Não matei, seu guarda. Os senhores podem voltar comigo. Querem vir? *Você matou tua mulher. Olhe o sangue na camisa.* Como é que matei? Se o

[89]

ferido sou eu. E mostrei o sangue correndo no queixo. O guarda insistiu: *Por isso mesmo.*

— E voltaram com você?

— Ela estava na porta. Trouxe aqui esses dois policías. Avançou para mim: *Um filho da mãe, esse aí.* E para eles: *Os senhores querem entrar?* Eu não respondi. Os dois se despediram. O soldado até se desculpou: *Estou vendo que o senhor é inocente.*

— E daí?

— Me fechei no quarto. Deitei na cama. Ela ficou lá fora, aos gritos. Atirando pedras na janela. Depois foi se acomodando. De manhã, quando levantei, estava dormindo. Encolhida de lado no sofá de vime.

— E depois, José?

— Veio a separação. É a última, lhe garanto. Ela voltou para a mãe. Mas tem o processo.

— Você é a vítima. Nem carece advogado.

— Vítima, não, doutor. Sou réu.

— Não entendo, José. Ela teve algum ferimento?

— Quatro equimoses, doutor. Duas nesta coxa, uma nesta. E a marca no pulso.

— Ela que é a vítima?

— Eu também sou.

— Fizeram exame em você?

— Não. Mas tenho o sinal. O senhor está vendo aqui?

— Cicatriz não prova.

— E agora, doutor?

— Fique sossegado. Quando for ao juiz, me avise. Que te acompanho. Só me explique.

— Pois não, doutor.

— Na hora de pôr no colo você fez as equimoses? Quem sabe a derrubou? Será que ela não se bateu?

— Sabe que não me lembro? Duvido que caiu. Nela não bati. Já disse que para mim é uma menina.

— E por que ela te agravou?

— Eu, católico. Ela, bruxa. São duas pontas de faca que se encontram.

— Foi crise de ausência?

— Esteve na famosa madame Zora. Que eu ia vender o novo barraco. Deixar a pobre na rua. Só cuidar das abelhas. As cinco caixinhas de mel, doutor. No Faxinal. Como é que a sortista adivinhou?

— Ia mesmo vender o barraco?

— Esse, não. Esse ninguém me faz vender. Lá no bem quentinho com a quarta.

Modinha Chorosa

— Sonhei que estava num quarto com espelhos. Sabe aquele hominho da revista? Queria que eu conhecesse a mãe?

— O velhinho da Bíblia.

— Não esquece nada, hein? Primeiro estava com ele no quarto. Bem gordo, ele que gordo nunca foi.

— Espelho no teto, não é?

— E na parede. Acha que alguém engorda tanto e continua o mesmo?

— Em sonho tudo pode ser.

— De repente já não estava ali. Me vi atrás da parede do quarto vizinho — uma parede fina de madeira. Ouvindo a conversa dele com outra mulher.

— O que falavam?

— Mal de mim.

— Diziam o quê?

— Como lembrar, se era sonho? Não vi a mulher. Quem era não sei. Fui espiar os dois. Tirei o ouvido da parede, abrindo a porta, devagarinho. Como era pesada. Que aflição, João. Sabe o que vi?

— ...

— Um cachorro e uma cadela. De costas. Um de cada lado. Engatados.

— Quer que te explique o sonho?

— Seja bobo. Você não estava lá.

*

— Parece uma boneca quebrada. Sem ação. Por que não finge?

— Não sei fingir. Já te disse.

— Hoje a boneca sou eu. De você a iniciativa. Vai me possuir. Sou eu o passivo.

— ...

— Mexa, amor. Fale. Me aperte. Machuque. Faça tudo.

— ...

— Ai, amor.

— ...

— Quero dar para você.

*

— Próxima vez, amor, venha de minissaia. Você vem?

— Tenho um saiote. Dá por aqui.

— Que beleza.

— Branco e plissado.

— Ó maravilha. Branca que te quero. Na volta do banheiro, não de calcinha, mas de saiote. Só com ele. Nada por baixo. Faz isso por mim, amor?

— Quem sabe? Não custa.

*

— Esqueceu o saiote?

— Não vim aqui para isso.

*

— Você não participa. Não geme. Nem suspira.

— Te satisfaço, não é? Ainda quer mais?

— Às vezes fico meio frustrado.

— E eu não? Mas não reclamo.

— Lembra-se da tarde em que deixou o sofá molhado de suor?

— Saí daqui com dor de cabeça.

— Bem o contrário. A dor de cabeça passou.

*

— Houve uma vez, sim, em que você gemeu.

— Eu? Nunca.

— Até gemeu alto.

— Agora me lembro. É mesmo. Eu gemi.

— Viu, amor?

— Essa tua fivela da cinta. Estava me machucando.

*

— Trouxe?

— O saiote, não. Minissaia azulzinha. Quer ver?

A mesma alegria que na presença do dono sacode o rabinho do cão.

— Que maravilha. Ponha logo. Fecho os olhos. Na maior aflição. Sem calcinha.

Ela entra no banheiro. Primeira vez na vida o que eu mais sonhava. Quando vem, o relampo do sol nos olhos. A calça comprida e a bolsa na mão esquerda. De saiote branco plissado. Quase me ajoelho.

— Ai, não tirou?

— ...

— Linda assim mesmo.

— ...

— Deixa pôr nas coxas da mocinha. Que bom, a coxa imaculada de uma virgem. Mexa.

Ela não se mexe.

— Me aperte. Ai, amor. Faça tudo.

Ela não aperta, ainda reclama.

— Assim não gosto, João.

*

— Assim não faço.

Ele oferece o dobro.

— O que pensa que eu sou?

— Vista-se. Raspe-se. Não me apareça mais aqui.

— Acha que a tudo sou obrigada?

— Nem você nem eu.

De beicinho lacrimejante.

— O que você quer mais? Não te satisfaço?

— Só pela metade.

*

— Se você não chamasse, nunca mais eu voltava.

*

— Voltei a namorar aquele rapaz.

— Por que não diz o nome?

— Não interessa. Morro de medo de intriga. Só me falam que a filha de não sei quem está dando. A viúva de um outro pulou a janela. Medo louco que saibam eu venho aqui.

— E eu? Qual o interesse em revelar o nosso caso? Não sou casado?

— Ah, bem. Então eu conto.

— ...

— Ele é filho do Costinha.

— Aquele do açougue?

— Você conhece. Rapaz alto, magro, sem boniteza.

— E o nome?

— Fernando. Homem procura, João, quando a mulher não quer. Nada mais certo para reduzir o homem do que ser ruim.

— ...

— Com esse eu fui má. Por isso é que voltou. Não gosto de beijo, e pronto — eu disse. Nosso caso está terminado. Fique com as tuas negras.

— Que bobagem.

— Jurei que não voltava mais. E quando eu juro... Ficou trinta dias sem me ver. Eu, quieta. Eu, esperando. Até brigou com a mãe — lavou a calça com o papelzinho do meu endereço. Ele queria telefonar e não podia. Sei me valorizar. Um sábado, meu irmão lá em casa, pela janela eu vi o carrinho verde. Corri para o quarto. Meu irmão atendeu. Pensa que apareci? Demorei, me enfeitei. Tinha lavado o cabelo. Pus uma blusa vermelha de seda, uma calça justa, preta. Abri a porta assim uma princesa. Foi aquele susto. Ele não sabia onde se esconder. Fumava sem parar. Eu, rindo. Gostosona.

— Ai, doce inimiga: não vê o bicho cabeludo no meu peito que bebe deliciado mais uma gotinha de sangue?

— Toma um cafezinho? *Não sei se...* Já derrubando a xícara. Uma xícara que nem estava na mão. *Quer ir a uma festinha?* Eu me virei, um olhar que dizia não. Ele tossiu.

[99]

— ...

— Jantamos no restaurante. E até as onze ficamos num baileco. *Já é tarde*, ele disse. *Está chovendo. Teus pais vão estranhar.* Os delicados sabe que gostam de mulher braba? Na chegada lá em casa, o pobre viu o meu sapatinho de feltro. Pisou na grama, a água passa. *Não pode molhar o pé.* Dei um risinho de boneca. Me depositou no degrau da varanda. Segura, alimentada, pé enxuto.

— Dançando, não te encoxou?

— É incapaz. Puxa, que você.

— Dele está gostando?

— Amor, não. Afeição, sim. E vontade de casar. Basta de andar a pé. E não é ciumento. Isso é bom.

— Casada, você vem aqui?

— Por que não? Nada de beijo, não pense. Só uma conversinha.

— Então está decidida?

— Se não brigo outra vez. Deixa te contar do meu aniversário. O Nando veio a Curitiba comprar o presente. Bobinho, nem sabe escolher. Me deixou esperando com duas tortas e foi à casa da irmã. Começou a demorar, o desgraçado. Tanto que uma hora eu falei: Ele que vá à merda. E peguei o ônibus.

— E as tortas?

— Levei comigo, louca da vida. Equilibrando no colo. Pouco antes do almoço, gago de aflito, foi chegando lá em casa. Com um buquê de rosas.

— Ah, desgra...

— Vermelhas. E o presente embrulhado. Um secador de cabelo.

— Sem cartão?

— Cartão impresso. Com letra dourada. Que horror, João, letra dourada. Embaixo, a assinatura tremia.

— O que dizia?

— Essa bobagem. *Felicidade perene. Amor, estremecido amor.* Burrinho, não sabe escrever. Usou o cartão.

— E o aniversário, como foi?

— Refrigerantes. As duas tortas. Um bolo de vela.

— Vinte e cinco aninhos?

— Já te disse. E quatro. Arrumei tudo, direitinho. Meus pais são do sítio. Já eu sou moça da cidade. Comprei pratinho de papelão. Talher de plástico. Guardanapo de papel.

— Teu irmão, aquele que surrou de cinta a mulher, estava lá?

— Esses eu não convidei. Dele tenho vergonha. De criança já não gosto muito. E criança porca, malcriada, então... A menininha, essa beliscou a samambaia, abriu minha gaveta. Dei um tapa na mão. Sabe o que disse? *Sua veada.* Dei outro tapa. Na boca. Não fiz bem?

— Muito bem. Secador de cabelo, hein?

— Para os meus belos cabelos.

— Essa mecha branca? Por quê?

— Não chateia, João. Que tal se apareço aqui de falsa loira?

— Daí caio de joelho e mão posta. Dá um beijinho?

— Hoje, não. Nem respeita o meu aniversário?

— Beijinho é tão bom.

— Não quero, e pronto.

— Louco por você.

— Já é tarde, João. Desista. Hoje, não.

— ...

— Não me dá o dinheiro?

— Que dinheiro?

— Você é mesquinho, João. Como é ruim. Tudo você quer retribuição, não é? Vim receber meu presente de anos. Não me vender.

*

— Como vai de amores?

— Já não quero saber. Agora sou moça séria. Estou a fim de casar.

— Dá um beijinho?

Não responde, como sempre.

— Sim ou não?

Olha o reloginho.

— Estou com pressa.

Ele fecha a porta. Ela entra no banheiro, mas braba.

— Venha sem calça.

Apaga a luz, à espera da visão deslumbrante.

Ei-la, calça comprida e sacola no braço, as coxas fosforescentes. Ainda de botinha marrom.

— Minha bota rebentou. Não tem conserto, diz o sapateiro. Rompeu o zíper. Prendi com barbante.

— Está linda. Assim que eu gosto.

Aflito abraça-a e suspira fundo.

— Me aperte.

Tão sem graça o aperto, que dá raiva.

— Me envolva. Com força.

Sem vontade, ela finge que.

— Agora a calcinha.

— Que ódio, essa bota. Quase enroscou.

Ele ergue a blusinha de renda.

— Não morda. Que dói.

— Tão bom pegar nessa bundinha.

— Não gosto, João, que diga nome.

— Olhe só. Veja como é quentinho.

— Espere um pouco. Pôr um elástico na bota.

— Oh, não. Agora, não.

Procura na bolsa, acha o famoso elástico, prende-o em volta.

— Agora, vire.

Vira-se com a mão atrás. Abraça-a na barriguinha.

— Ai, mãezinha do céu. Mexa.

Como sempre, não se mexe.

— Agora, sente.

Ela senta-se na ponta do sofá. De blusa e botinha com elástico. Deita-se sobre ela, sem encostar.

— Cuidado, você.

Ele ajoelha-se, contempla-a do umbigo à covinha do joelho.

— Tudo isso é meu?

— ...

— Deixa eu beijar?

— Hoje, não. É tarde.

— Só uma vez.

— Devo respeitar o Nando.

Lateja a língua de fogo, ela estremece. De repente afasta-o com força. Ele inverte a posição: sentado agora, ela de joelho.

— Capriche.

Afaga-lhe docemente o cabelo. Ela sacode-se.

— Não me despenteie.

Ressoa na parede o relógio.

— Agora, amor.

Sobre a mesa dispara o telefone.

— Me beije.

Berra o pobre coração.

— Que eu morro.

Entre as nuvens, sem tocar no guidom, pilotando a bicicleta de uma roda — lá vou eu, mãos no ar.

*

— Não gosto de você, João. Mas não fique triste: não gosto de ninguém. Nem de minha mãe eu gosto.

Quarto Separado

Segunda vez engravidei. Nossa intimidade acabou. Ele disse que era perigoso. Pôs o bercinho do Pedro ao lado da cama. E foi para o outro quarto.

Gosto de ser agradada. Até um cachorro não quer que afague? Nasceu o Paulinho. Deixei passar o tempo. Sentia falta de carinho. Fui alisar o cabelo, que ele tem bonito, bem preto.

— Não me pegue. Eu não gosto.

— Conte a verdade, João. Você tem outra.

— Juro que não. Por minha mãe que eu adoro. Como não tenho.

Uma escrava para todo serviço. Mão grossa de tanto lidar. Do jardim quem cuidava?

— Só eu. Mais de ano que não sai comigo. Não me tira de casa.

Uma noite fica nua:

— Venha, João.

— Ah, é? Isso o que você quer?

— Já são dois anos.

Chorando perdida, sem coragem de repetir.

— Por que não se alivia no banheiro?

Discussões diante dos filhos, assistidas pela babá. Esconde o dinheiro. Negando tudo o que ela pede. Bem ostenta coleção de blusões de couro. Sempre com pretexto para sair. Simulando que vai à casa de um cliente. Ela telefona para lá — e não está.

— Sabe o que disse o Pedro?

Só quatro aninhos, o infeliz. Quando lhe veste o pijama:

— Mãe, você é bonita. A tia Lili não é.

— Que tia Lili?

— Eu vou no carro do pai. Ela vai também. É feia. O pai na frente com ela. Eu atrás com o Gaguinho.

— Que Gaguinho?

— O filho dela.

— ...

— Não chore, mãezinha.

*

Oito da manhã, ele com voz baixa e rouca:

— Dona Lili está?

— Quem fala?

— Um recado urgente.

Atende a fulana:

— Alô?

— Eu não posso mais. Preciso falar com você. De qualquer maneira. Às nove horas. Não mais.

— Por que fingiu a voz?

— Eu não fingi. Fingida é você. Tem de ser hoje. Não é possível continuar assim.

— O que está pensando, João? Não cumpriu o que prometeu. Um grande medroso.

— Medrosa é quem diz. Se você não sai, eu entro na casa. Ainda me duvida?

Bruta gargalhada de deboche.

— Ah, está rindo? Depois há de chorar. Não vai ser na esquina. Te espero no por...

Aos gritos no meio da frase perde o fôlego.

— ...tão. Às nove em ponto, ouviu? Sem falta.

— Quem pensa que eu sou? Tua parceira?

— Agora não posso falar. Não aguento mais. Às nove horas. No portão.

Aí entende a tosse do filho no quarto. Tão quietos, ele cuidou ainda estivessem dormindo.

— O carro não é para vender. Foi engano. Número errado.

E abrindo a porta (ela mal desliga a extensão), aos berros:

— O que estão fazendo? Os dois sentados na cama?

Ela, pálida, o guri de olhinho vermelho.

— Tenho de sair. Aqui o dinheiro da carne.

Bate a porta (o piá rompe no choro), sem se despedir.

*

Pensa em pegar um táxi. Arruma-se depressa. Esses choferes não são de confiança. E mulher sozinha não tem defesa. Corre à casa dos pais, não é longe.

— O João ligou para aquela mulher, pai. Hoje eu descubro quem é.

— Tem certeza, filha?

— Se o senhor não quer eu ajo sozinha.

Lá se vão o pai, ela e a mãe.

— Não tão perto, pai. Ainda mais carro vermelho.

Do escritório João vê o carro e os três lá dentro. Desce aos pulos:

— Que é que estão fazendo?

O sogro:

— Você com amante. Grande canalha. Sei de tudo. Tenho prova.

— Qual é a prova? Diga quem é, poxa. E onde mora.

A sogra, ainda em chinelo de feltro:

— Tem uma loira. Você trai minha filha.

João aos brados:

— Ai, que merda. O que estão querendo?

O sogro recua, erguendo o braço:

— Sou mais velho que você. Te dou um tiro na boca. Não se chegue. Meu revólver no porta-luva. Alcance o revólver, mulher.

— Aqui não é lugar para discutir. Vamos lá em casa.

Os três descem na farmácia. Calmante de maracujá para todos. A filha trêmula:

— É o que ele devia fazer.

E a velha:

[111]

— Esse pobre moço. Está fora de si.

João perde-se no caminho — foi ver a loira no portão? Chega uma hora depois. Passa pelos três, chaveia a porta.

— André? Aqui é o João. Aconteceu uma desgraça.

— Não me diga.

— Meu casamento acabou. Desculpe o incômodo a esta hora. Sei que está doente. Minha vida desmoronou. O cretino do meu sogro me seguiu até o escritório. E inventou que tenho amante.

— Calma, rapaz. Está gritando.

— Nada mais a fazer. Ela foi desleal. Aliou-se aos pais.

— Deixe que falo com teu sogro. Não tem direito de separar o casal.

— Chega, André. Não aguento mais lavar fralda. E ser humilhado.

— Com o tempo tudo se resolve.

— Resolve merda nenhuma. Me ameaçou de pistola.

— Barbaridade.

— Disse que me dá três tiros na boca.

[112]

— Não se precipite. Falo com ele.

Agoniado, respira fundo, aos uivos:

— Eu morro, velho. E as duas, ela e a mãe, com o dinheiro do seguro...

— Fale mais baixo.

— ... vão dançar no meu caixão. Casei de piedade. Ela me adorava. Dez anos escondendo tudo. Que inferno. Ficava nua e abria as pernas: *Quer fazer filho? Sirva-se.* Cruzava as mãos na nuca, fechava o olho, virava o rosto.

— ...

— Filho sem amor nasce feio. Veja o coitado do Paulinho. Não sei como aguentei. Como não morri.

— Não grite.

— E você quer que eu morra? Deve falar com o velho. Ele é um cretino. E a mãe uma fingida. Com aquelas pernas. Só varizes. Estou desesperado. Não como. Não durmo. Já tinha sumido. Não fossem os meninos. Como vai ser não sei. Um momento. Que eu chamo o velho.

*

— Alô? Seu Oscar? O João está muito nervoso. O senhor ameaçou de pistola?

— Eu tinha uma arma. Ele quis me desacatar. Mas não ameacei.

— E chamou de canalha?

— Canalha ele é.

*

Na sala enfrenta a mulher e a sogra.

— Graças a Deus. Minha filha livre de você.

— Onde? Lá no hospício?

— Credo, João.

— Maria, você é louca. Deve ser internada.

— Agora você acabou para mim.

— Então já vou. À noite pego minha mala.

— Leve tudo. Não quero mais te ver.

— Depois não se queixe.

*

— Tua mala está pronta, eu disse. Pode contar os cinco blusões de couro. Meu Deus, aquele riso de dona debochada. Sabe do quê? Queria as minhas avencas, o bandido. Já viu? Minhas avencas, não. E gritei: Meu filho não leva para tua amante. Brincar com o Gaguinho. Dois anos, João. Que não me procura. Será que gosta de homem, João?

Diálogo entre Sócrates e Alcibíades

— Quietinha. Aqui na sala. A mãe já volta.

Sorrindo para o doutor.

— É a guardiã da mãe.

Assim que ele fecha a porta.

— Trouxe a revistinha.

Ele folheia, incríveis posições mil.

— Comprei na banca. Vem fechada.

— Não sentiu vergonha?

— Eles nem ligam.

Ali de cabeça para baixo.

— Essa não dá certo.

— O sangue desce. Como é que ela se excita?

Reparo de verdadeira profissional.

— Ela nem ele. Levantar dois pesos de uma vez, já viu?

— Você tem cada uma, João.

Vira a última página.

— Que beleza, não é?

— Fique com ela. Guarde bem. Na outra vez nós imitamos.

— Me conte do viúvo.

— Um homem bom.

— Bom mas não...

— Quer saber melhor que eu? Quem só aprecia, sem fazer nada, é o Pedrinho.

— E o viúvo, o que faz?

— É contador. Quando preciso ele me ajuda.

— Os encontros são na Travessa Itararé?

— Eram. Agora tem gente conhecida ali perto. Um prédio velho. Corredor bem escuro. Você sobe com a mão na parede.

— E o viúvo é safado?

— Por que você diz? Das revistinhas?

— E não é?

— Não são dele. Um amigo que deixa lá.

— Na tua casa, onde você esconde?

— Embaixo do tapete da sala.

— Você é louca. E se o teu marido?

— Não há perigo.

— Do tempo de putinha tem doce lembrança?

— Até fome passei. Às vezes vinha gente impor-
tante. Era aquela farra. Batatinha frita. Macarrão.

— E nhá Lurdinha era gananciosa?

— Cobrava o quarto. Mesmo sem freguês.

— Você não teve um caso com o doutor Pestana?

— O encontro no Edifício Asa. Se você visse como
era difícil. Um homem gorducho assim. Não só a
barriga. O que atrapalhava mesmo era o pinto. Um
pintinho assim.

— ...

— Ficava lavado de suor. Ali no soalho a marca
dos pés.

— E foram muitas vezes?

— Depois que casei, sumiu. Ele pensa que me
regenerei.

Continua a putinha que sempre foi.

— João, você conhece o filho do Tadeu?

— Bonito rapagão.

— Jorginho é o nome. Saiu cinco vezes comigo.
Só me abraçava e gemia. Na quinta fez de tudo mas
não conseguiu.

— Engraçado. Tão moço e forte.

— No carro ficou nu. Lá na praça. Curitiba já não é a mesma. O Ito aos beijos na boca com o soldadinho. O Marquinho sombreia o olho azul e pinta as unhas do pé. A puta velha do Nelsinho perseguindo os meninos.

— E o Jorginho por que será? Não me diga que...

— Sei lá. Uma cicatriz bem aqui.

Aponta para o cóccix.

— Pode ser disso?

— Não será antes a mãe? Com filho único isso acontece.

— Antipática que é. Mania de varrer a calçada.

— Varre a sujeira do mundo.

— Isso não me atinge.

— E o Tadeu? Quer negar que ele não?

— Eu juro. Por que ia mentir? Ele me respeita. Só me desconta o cheque.

— Mas não te come?

— Não é disso. Você não entende?

— Os galinhos sempre foram disso.

De repente com olhar suplicante.

— Que pena hoje não dá, João.

Decadente, engordou. A barriguinha roliça, não há massagista cega que remedeie. O mamilo preto e grande. Unha descascada de anteontem. Derrame bilioso no olhinho lúbrico.

— Fica para outro dia. Me diga, com teu marido na cama, acabou? Não há mais nada?

— Às vezes. Eu tenho desculpa. Uma hora é doença. Outra é canseira. Quando ele quer, bem se chega. Não sinto nada. Depois tem uma. Eu durmo tarde.

— Insônia? Então somos dois.

— Fico vendo tevê. E o gordo, esse, dorme. Dou tempo a que ele ronque. Depois me recolho.

— Quando menina, da primeira vez, ainda se lembra? Antes do teu querido André?

— A Zefa só me ensinava a não fazer coisa feia. *É feio andar na rua à noite. É feio namorar.* Para ela nada era bonito.

— E do Pedrinho? Guardou boa recordação?

— O negócio dele era paixão. Me seguia por toda parte. Se debruçava tanto na janela do clube, esticando o pescoço para o meu lado, que perigava cair.

— E a cidade assistia?

— A cidade e a Zefa. Aquele velho de óculo torto, quem não viu? Encolhido atrás de cada esquina. Soprando a mãozinha fria de defunto.

— O encontro onde era?

— Me pegava de táxi no beco. Pagava bem.

— O que vocês faziam?

— Ele só me beijava. Eu fechava os olhos e pensava no André.

— E aquele japonês velho?

— Tudo quer saber, você. Conheci também um japonês novo.

— No tempo de nhá Lurdinha?

— Um antes. Outro depois.

— E o contador faz muito que não vê?

— Um par de meses.

— Ainda funciona?

— Ele se ajuda com a revistinha. Um homem triste. Cada página que vira é um gemido. Pede que eu fale. Ele geme e suspira.

— Do que mais se lembra quando era putinha?

— Só da fome. E dos banquetes que matavam a fome. Dia de batatinha frita era feriado.

— De alguém especial?

— Um moço loiro. Cheio de mistério. Dizia bem baixinho: *Quero fazer um troca-troca. Me arranja um casal?* Sabe, João, o que é?

— De ouvir falar. Nunca fiz.

— Esquisito. Ele não gostava de perfume. Eu perguntava por quê. Medo da tua mulher? *Perfume*, ele dizia, *me atordoa*.

— Em mim, se é forte, provoca espirro.

— Então não me quer mais?

— É perigoso. Se chega algum cliente? Bate na porta? E a tua filha chora na sala?

— Com o perigo não é melhor?

Tanto basta para que se decida.

— Você pediu. Agora não se queixe.

— E a moça?

Chaveia a porta.

— A essa hora já foi.

Ela irradia o famoso jogo.

— Ai, que grande. Como você quer? Mãezinha do céu.

Olha-a de longe, sem bulir.

— Assim não dá. Na cadeira?!

— Vai ver que delícia. Só com uma perna.

Sentada, uma perna nua, outra vestida, abre as duas.

— Venha. Está entrando. Está dentro de mim.

Ele crava o redondo punhal de mel — até o cabo.
Ela geme.

— Ai, todinho dentro. Seu puto. Ai, que bom.

Maldito óculo embaçado.

— Lá vou eu.

— Espere. Fale, João. Quer ser...

— ...

— ... meu único amante?

Bem na hora toca o telefone.

— Não atenda. Mais um pouco. Agora sou eu.

O tempo todo de colete e gravata, nem sequer despenteado.

— E o carpinteiro não voltou? Só ele foi à tua casa?

— Esteve foi um turco. Bigodão de ponta retorcida. Comprador de móveis usados. Eu tinha um armário imprestável. Telefonei, ele apareceu. Velhote, perna curta e pançudo.

— Só dá velho na tua vida? Até eu.

— Esses que são bons. Você, querido, não é velho.

— Como é que foi?

— Ele adivinhou o que eu queria. Dobrou a oferta do armário. E pediu para fazer uma coisa comigo. Só de olhar a nota, eu deixei.

[124]

— ...

— Nunca vi alguém tão aflito. Nem tirou o chapéu. Foi bem rápido. Só dizia, o coitado, olhando para trás: *Cuidado com a porta. Estar bem fechada? Senhora fechou a porta?*

— ...

— O lenço que passou no rosto ficou molhado. Pensei do turco morrer nos meus braços.

— Ainda assim foi bom?

— Para mim sempre é.

Ele estende uma nota por sobre a mesa. Ela dobra mais de uma vez e, sempre falando, enfia no sutiã.

— Dei um tropeção no ônibus. Na hora de subir. Minha unha inflamou.

— Dói muito?

— Bastante. Quer ver?

— Não, não. Agora, não.

A menina bem-comportada na sala. Cansou de balançar a mesma perninha gorducha da mãe. Enfim cochila, agarrada na bolsinha nova. Dorme, pobre menina, antes que o bicho-papão te pegue.

[125]

A Gargalhada de Lili

Dores de amor, seis quilos menos — pescoço frouxo no colarinho. Olho esbugalhado. Lúrido, trêmulo, acende um cigarro no outro.

— Devo confessar, André. Não fui de todo sincero. Eu tenho uma mulher.

— Já estou informado.

— Eu a encontrei por acaso. Às cinco da tarde. Na Praça Tiradentes.

— Não grite. Já sei quem é.

— O pai lhe contou?

— Mais velha que você. Dois filhos. Um, retardado.

— Ela nos quarenta anos. Um guri de quinze. O outro não é retardado.

— O que ele tem?

— É gago, só nervoso. Essa mulher — aqui entre nós — casada com um grande advogado. O nome dele eu digo. Se você promete segredo.

[127]

— Decerto.

— Ele não presta mais. Desde muito em quartos separados. Você pode duvidar. Juro por tudo que é sagrado. Dela eu sou o primeiro amor.

— Soube que foi internada.

— Drogada, isso sim. No mesmo dia em que me separei da Maria. Que anda de casa em casa, a maldita. Contando a nossa intimidade.

— ...

— Essa pobre moça ficou desesperada. Temos um ninho de amor. Lili, chama-se Lili, não é bonito nome?

— Não se expõe demais? Sai com ela de carro. E o Pedro a chama de tia.

— Mentira. Tudo mentira. No telefone chorando: *Não posso mais. Me acuda. Vou para o ninho.* Descabelada saiu na chuva. Perdeu um sapato novo. O marido, além de manso, é traidor. Ele drogou a comida. E internou abobalhada na clínica. Ele pode, o desgracido?

— Fale mais baixo.

— Precisa de socorro. Me ajude a salvá-la. Ou faço uma loucura.

— Espere aí, João. Primeiro resolve com a Maria. O futuro do Pedro e do Paulinho. Depois vem a outra. Assim leviana, perde a guarda dos filhos.

— Eu sei. Não é isso. Eu sei. No asilo querem fazê-la de louca. Lá quietinha no banco do pátio. Uma enfermeira de óculo escuro: *Esse rapaz tem outra. Mais moça. Não se iluda.* Combinada com o marido e os médicos.

— ...

— Carece de apoio, a pobrezinha. A Laura foi visitá-la. Conversaram uma tarde inteira. Sabe o que disse? *João, ela é pura. De corpo, alma e coração.*

— E você onde ficou? No carro?

— No pátio. Escondido atrás de um cedro. Enquanto elas passeavam. As duas abraçadas. Minha irmã chorava. Entendeu o drama da moça.

— Falei com a Maria. Essa outra, pelo que diz, não é muito amorosa. Você só repetia: *Não aguento mais. Não posso mais.* Por que disfarçou a voz?

— Fiquei rouco. De aflição.

— Ela o acusou. *Seu grande medroso.* E deu uma gargalhada. O mesmo riso cínico, segundo a Maria, da velha cantora de ópera. E você disse: *Agora ri. Amanhã há de chorar.*

— Não é nada disso.

— E agora, João? Sai dessa, João.

— Eu amo essa mulher.

— Mais velha que você. Os dois filhos, um retardado. Desculpe, gago. Sem esquecer o Pedro e o Paulinho. Como vai ser, João?

— Pensa que é louca?

— Que tanto grito.

— O que eles farão da pobre moça? Se preciso, conto com você? Para a libertar?

— Sei lá.

— Queriam dar dois comprimidos. Ela não engoliu. Vieram com injeção na veia. Mas não deixou. O doutor ameaça choque elétrico — uma série de nove.

— ...

— É tudo o que a Maria não é.

— Teu pai sofre do coração. Não esqueça.

— Está contra mim. Chegou a dizer: *Teu comportamento, meu filho, é de um cafajeste.*

— Quer o teu bem.

— E a Zezé, eu sei, falou para a Maria: *Meus parabéns. Livre do maior tarado da cidade.* Não foi ela, a gorda peluda? Que me arrastou nua dentro do guarda-roupa?

— É natural. Ela, amiga da Maria.

— Mas você entende. É meu amigo. Tem um palito?

— Quer fogo?

— Não. Um palito de fósforo.

Quebra em pedacinho no dente e masca furioso.

— O mais moço, o Gaguinho, sabe? Está do nosso lado. Foi com ela a um telefone.

— A Maria se impressionou com a gargalhada.

— Descalça, a triste, na chuva.

— O riso sem fim da cantora velha de guerra.

— Dizer que me amava. Que me amava. Que me amava.

— Só fala na gargalhada de Lili.

Ó Suave Agonia do Tarado

— Agora estou sozinha. Livre, livre. Nem horário eu tenho.

— O que houve?

— Ele viajou a negócio.

— E as crianças?

— Uma empregada cuida. Agora que tudo posso, nada acontece.

— Nada mesmo?

— Só de passagem.

— Não fez nem uma conquista?

— Os homens são difíceis. Não sabe de algum?

— Aqui está ele.

— Você é um amor. Outro dia comecei a me lembrar de um médico. Pouco tempo ficou na minha cidade. Era menina de uma vez. Acho que nem tinha doze anos. Varria o consultório dele. Cada quinze dias me dava uma nota. Maior alegria de minha vida, aquela primeira nota.

— Ele abusou de você?

— Credo, João. Se eu tinha nem doze anos. Depois soube que ele casou.

— Com que idade está hoje?

— Uns quarenta. Sabia que ele tinha consultório em Curitiba. Não me acudia o nome inteiro. Bem que era Carlos. Mas de quê? De repente me voltou: Alô? Doutor Carlos? Não se lembra do tempo em que se formou? *Faz tantos anos.* Para mim parece que foi ontem. Já esqueceu da menina que varria o seu consultório? *Que menina?* A filha da Zefa, não se lembra? *Ah, agora eu sei. Você deve estar mocinha.* Já sou mãe. Mas por dentro ainda menina. *Tinha vontade de rever você.* Só marcar a hora. Meu marido viajou. Daí mais que depressa ele combinou.

— Não com você. Com a menina de doze aninhos.

— Esses médicos só ficam livres à noite. Lá fui eu na horinha que ele mandou.

— Como o achou?

— Mais velho. Não é o mesmo.

— E daí?

— Engraçado. Nunca aconteceu isso comigo.

— Nem na pensão de nhá Lurdinha?

— Nem antes nem depois. Juntou duas almofadas no tapete. Ficou nu, perna cabeluda. Eu também fiquei. Nem mesmo um beijo, ele deitou de bruços. Separando com as mãos, entortando o pescoço, me pedia: *Suba por cima. Encoste ele em mim.* E abria as bochechas brancas. *Venha por cima. Ai, amor. Como é bom.*

— E você?

— Achei graça, mas fiz. Montei por trás.

— E ele, o quê?

— Só dizia: *Encoste nele. Esfregue ele.* Queria ver você nessa hora.

— O grande amor dos teus doze aninhos.

— Gemia e suspirava: *Ai, eu morro. Me mate senão eu morro.* Essa ainda não tinha me acontecido.

— Nem no tempo de putinha?

— Agora me lembro. Uma tarde chegou um velho. Queria duas meninas.

— O que você fez?

— Ele ficou sentado. Esfregava as mãos, sacudindo a perninha grossa, até rangia a cadeira. Eu e a outra menina ali no tapete.

— E o que inventaram?

— Beijos na boca. Quanto mais demorado, melhor. Nhá Lurdinha que ensinava. Abraços e gemidos. No final as mordidinhas uma na outra. Sabe que era gostoso?

— Não duvido.

— Foi boa aquela vida. Minha família nunca soube. Sem a pensão da Lurdinha, quando ia conhecer as famosas cataratas? Andar de carro com o Jorginho? Aquela farra louca. Como é bom fazer as coisas escondido. Essas bobas hoje pedem fumo e pó. Comigo era sem nada. Eu gozava, gozava. E você, brinquinho não quer?

— Antes me conte do Tadeu. Não disse que sempre te respeitou?

— E o dinheiro? Quem não precisa? Liguei na semana passada. Fui dizendo: Sabe quem é? Estou sozinha, Tadeu. Quer me fazer companhia? *Teu marido viajou?* Bem longe. Estou livre. Na hora que você quiser. *Amanhã, sem falta. Ligo para você, negra.*

— Que velhinho safado.

— Assim ele fez. Marcou tudo direitinho. Oito da noite, o carro na esquina. Chegou a hora, chovia forte. Fui a pé, de sombrinha. Era um carro grande.

[136]

— Igual ao dono?

— Menor o dono, maior o carro, mais forte a buzina. Sabe o que é voo cego? Foi o meu com ele. Não enxergava nada, montado numa almofadinha. Com a mãozinha a cada passo limpando o vidro. Tudo embaçado ali dentro. Cheguei a pensar: Se escapo dessa, mesmo que ele morra, eu fujo. Juro por Deus nunca mais.

— ...

— E o pior que ele não sabia o caminho. *De noite não enxergo bem. Olhe por mim, negra.* De repente um grito: *Viro a esquina?* Não tem esquina, homem!

— Puxa, cada uma que você...

— Deus não olha pelos pecadores? Salvos chegamos ao motel. *Não é do que eu gosto. Nesse não tem luxo. As minhas meninas, negra, levo para jantar.*

— Que chique ele é.

— No quarto pediu sanduíche misto-quente. Será que não tem medo de congestão?

— E depois?

— Sem um beijinho, foi tirando a roupa. Quando baixava a calça, olhou para mim.

— Perna branca ou peluda?

— *Sempre te cobicei, negra.* Por que não disse? *E se transasse com meu filho?* Ora, só amizade. Até estranhei não ser cantada. Cada vez que descontava um cheque.

— Como é o Tadeu sem roupa?

— Elástico nas mangas. Para ficarem menores.

— Tadinho.

— Fraldas demais — a camisa maior que o dono. O susto foi quando tirou o óculo. Ele é cego e eu não sabia. Branco o olho esquerdo. O óculo esconde. Fingi que não notei, bem quieta.

— E daí? Fale de uma vez.

— Tudo bem.

— Essa, não. Que aconteceu na cama?

— Sem o sapatão — mais pequeno que eu — repôs o óculo. Deitou de bruços. *Venha ver a revistinha.* Apontando com o dedinho bem torto as figuras. *Veja, que beleza. Não gosta de ver, negra?* Gosto de você, bobinho. Eram três revistinhas. A primeira, ele folheou. As outras duas não deu tempo. *Quer fazer qual posição?* Prefiro esta aqui.

— Qual era?

— O homem sentado na cadeira. E a mulher por cima.

— Ele aceitou?

— *É muito pesada, negra.*

— E daí?

— Ora, aconteceu.

— Ele por cima?

— E de lado. Eu na frente. E atrás. Os dois de cabeça para baixo. Ele, aflitinho. Quase fez feio. Pudera, sessenta e três anos. Foi bem rápido. Depois ele tossia. Meio envergonhado, enfiando a calça. A mão fechada junto da boca: *Na próxima vez, negra. Faz tudo que eu pedir?*

— E depois?

— Já não chovia tanto. Me deixou na esquina.

— Só isso?

— Engraçado. Me chamar de negra. Bem como o pai dele.

— Gostou mais dele ou do pai?

— Gosto é de você, bobinho.

O Pão e o Vinho

O Tito é falso profeta da igreja dos últimos dias. Viciado na velha Bíblia. O dia inteiro fala em versículo e parábola. Desde os dois anos odeia o pai bêbado e mulherengo. Com a morte da mãe dolorosa, fez de mim a segunda mãezinha.

Ah, minha vida nem lhe conto. Sabe que engravidei virgem? O coitado, mais que precoce. Do terceiro filho me obrigou a abortar. *Outro gaguinho? É o que você quer?* Dez anos que a pouca intimidade acabou. Nossa vida é de dois irmãos. No leito entre nós o fantasma da mãe e do pai. Dormem conosco. Isso o João não quer entender.

Afinal são vinte anos. O Tito, ele sim, me compreende. Gênio manso, tudo perdoa. Demais depende de mim. Eu que lhe faço o prato. Se quero me vingar diminuo a porção, nem assim reclama. Quem de manhã lhe prepara a roupa? Sem mim não escolhe meia, camisa, gravata. Sabe que é tão vergonhoso?

Sofreu acidente com fratura de costela. Eu o assisti no hospital. E você não acredita. Que se recusa a mostrar as partes íntimas. No quarto alcancei-lhe o papagaio. E ele: *Na sua frente, querida, eu não consigo.*

(Para trás derruba a cabeça e dispara no riso furioso.)

Decerto que sabe do João. Mas não pode me perder. Dele sem mim o que será? É o terceiro menino, esse o mais desamparado. Todo encolhido na cama, bem pequeno, sem me tocar. Faz de conta (segunda gargalhada espirra uma lágrima no grande olho verde) que o João não existe.

Dois filhos e não conhecia o prazer. Nos braços de João soube o que era volúpia. De mim fez uma nova mulher (sacode orgulhosa a cabeleira com os primeiros fios brancos). Em nosso ninho de amor.

A quatro mãos pintamos de azul. Avenca suspensa na varanda. Uma sala em miniatura. O nosso quartinho. E a cozinha toda branca. Com o banheiro ao lado. João instalou o chuveiro elétrico. E eu? Fiz a cortina azul de peixinho. Com cimento colei a pastilha na parede. Os dedos em carne viva — a operária do ninho fui eu. Três meses da maior felicidade.

Se lhe digo que ele, o Tito, com medo de choque, toma banho de touca, luva e sandália? De manhã eu dava ordens em casa. Deixava os meninos no colégio. E às nove horas corria para o ninho. Quem já me esperava, aflito? Amorzinho bem gostoso. Eu o chamava de meu pão, meu vinho. Que me fez mulher de verdade. Pobre de mim, aos quarenta anos.

Em casa para o almoço, oficiado por Tito com versículos. Minha vez de esperar o João à tarde, quando saía do escritório. Tudo branco e limpo, fogão e geladeira, o cantinho de pufes e almofadões.

Ele morria de ciúme, já viu? Logo de quem não precisava. Chegou a me bater. Doeu, não é que gostei? Tantos anos com o Tito, um dos hábitos é tratá-lo de pai. Maldito dia em que ao João chamei de paizinho. Outra vez, por distração (explode o medonho riso de um minuto inteiro), de Tito. Possesso de fúria que espuma. Nu, de pé, aos berros: *Não posso mais. Não aguento mais.* Me arrastou pelos cabelos, bateu com gosto: *Tem de dormir no quarto da empregada.*

João, meu querido, ele não passa de um velho. Entre mim e ele, no leito, você sabe disso, estão a mãe e o pai. Somos dois irmãos. Inocentes. Cada um no seu canto. *Acha que sou bobo, acha? Que eu acredito? Jure, sua grande cadela. Jure.*

Boba de mim, falei na parábola da Madalena. Quem não pecou atire... Se o João lá estivesse, Jesus que se cuidasse — já duas pedras zunindo no ar.

Desculpe a minha risada. Choro e rio com a mesma facilidade. Puro nervoso. O ciúme, a tortura, a perseguição. Por isso fui internada. Já estou melhor. Não precisei de choque. Explicou o Tito que fiquei histérica, quase louca. Citando três versículos — ai que enjoo os tais versículos — chegou a dizer: *Saia de casa. Saia, se quiser. Mas deixe os meninos.* E quando perdi o sapato, correndo na chuva, quem me acudiu? O Gaguinho, que é o preferido. Meus filhos não abandono. E como eu posso?

Que idade você me dá? (Feroz risada de todos os dentes — brilho furtivo de ouro?) Pois é, não pareço. O João mentiu que era desquitado. Sei que está fugindo da mulher. O pivô da separação nunca fui. Que enfrente o sogro, você não acha? Eu o amo. João de minha alma. É força que tudo acabe? Destruidora de lar não sou. Nem pobre mulher fatal.

O ninho, esse sim, acabou. Por causa do muito ciúme e briga demais. No último dia ele andava no quarto, as lágrimas rolando no rosto. Olhava a cama, de tanta dor estralava os dedos.

Na vertigem do adeus me encostei na parede. Ele soluçava: *Da eguinha fogosa não mais sentir aqui a glicínia ali o jasmim. Pastar os olhos nesses cabelos.* E caindo de joelho: *Cuide bem das unhas. Não esqueça: o esmalte carmim.* Não da mão, as do pé. Fixação no meu pé grande. E na minha coxa leitosa. *Não deve apanhar sol.* Quer muito branca. Nem uma pinta. *Ai, coxa branquinha lavada em sete águas.*

Chorando nos abraçamos. Tirei da parede o quadrinho de Modigliani. Recolhi os bibelôs. Na despedida me beijou a testa: *Sou uma barata leprosa.*

Ao descer do táxi com pufes, elefantinhos, almofadas, quem correu me ajudar? São presentes de uma amiga, eu disse. O Tito bem finge que acredita. Como não hei de perdoar? Agora me entende? Sente o meu drama, você?

Moço de Bigodinho

— Diga uma coisa, tia Naná. Verdade que o doutor João desfrutou a Maria Pires?

— Quem te disse? Faz tanto tempo.

— Foi minha mãe. Ela tem mais de oitenta. Velha como a senhora.

— Quero ver teus olhos, menino. Se não está mentindo.

— *O André nunca mente*, diz mamãe. *Só enfeita.* Juro que foi ela. E o coronel Duca, irmão da ofendida, deu vinte e quatro horas para o sedutor deixar a cidade.

— Não foi bem assim. Eu já era mocinha. Tinha quinze anos.

— Então me conte.

— O doutor João era bonito. Parece que foi casado. Não tenho bem certeza. Moreno de bigodinho. Chegou à cidade com a mãe, que foi logo embora. A paixão dele não era a Maria. Era outra moça, de nome Rosinha. As duas eram primas.

[147]

— Rosinha é aquela que morreu tísica.

— Bem coradinha. Por causa da febre. Loira, de olhos verdes. Linda como você não viu.

— E a Maria Pires?

— Só engraçadinha. O doutor e a Rosinha se beijavam no caramanchão de glicínia azul. Na chácara de dona Eufêmia.

— Abusou também da Rosinha?

— Dessa, não. A Maria Pires tinha ciúme da prima. Não por muito tempo. Rosinha, a triste, se finou. Na terceira hemoptise.

— Morreram todos na família. Não acreditavam em contágio. Um foi pegando a tosse do outro.

— A Maria Pires começou a provocar o doutor. Quem viu tudo, a culpada de tudo, foi a Filó. Gorducha e pérfida. Que morava na pracinha. No fim de tarde, a Filó, já casada, estava na janela. E viu o doutor João encostado no coreto. De chapéu, encolhido na sombra. O casarão dos Pires, ali em frente, tinha um corredor escuro. Escondida atrás da cortina, a Filó espiava o jeito do doutor. E viu quando a Maria, lá da porta, acenou o lencinho branco. Ele se esgueirou

[148]

rente ao muro e sumiu no corredor. Dia seguinte a cidade inteira sabia.

— Barbaridade.

— O alvoroço foi tão grande assim houvesse uma Filó em cada janela.

— E o coronel deu prazo para o doutor sair da cidade.

— Aí que está enganado. Ele se foi por causa do escândalo. Pegou o carro do Zeca das Neves e desapareceu.

— A senhora que se engana, tia Naná. Nessa época o Zeca das Neves nem tinha carro. Era carruagem. Não acredito que o doutor fugisse na velha traquitana sem tolda. Se fugiu, isso sim, foi de trem.

— Seja como for, arranjaram um marido para a Maria Pires. O pobre do Tadeu. Casaram, ele foi infeliz, tiveram um bando de filhos.

— Uma das moças, a senhora sabe, tinha furor. Louca por homem. Casou com um dentista. Já era dele em solteira. Depois, de pé no corredor, a vez do leiteiro e do carteiro.

— Decerto puxou à mãe.

— Não leve a mal, tia Naná. O doutor João não se engraçou com a senhora? E as outras filhas de vovô?

Dengosa, fez uma boquinha redonda de bailarina. Apesar dos oitenta, ainda um dente aqui, outro ali.

— Mais respeito, seu moço.

— Por tia Rita não ponho a mão no fogo.

— Não seja irreverente. Ela é morta. Nada mais é sagrado?

Visita de Pêsames

— Aceita um cafezinho?

Em dúvida se o chamava de João ou doutor. Era tudo o que tinha a perguntar depois de vinte anos?

— Não sei. Já me tira o sono.

Que idade teria? Cabelo pintado, acaju leve, alisado à força senão encrespava. Os grandes beiços inchados — só para morder, não beijar. Epa, velhinho, não se assanhe. É visita de pêsames.

Vestido preto, sentou-se, cruzou a perna.

— Nada de luxo. Eu insisto.

Não o encarava, olhinho sonso ou medroso? Após vinte anos, ela mesma: cruzar a perna é mostrar a calcinha — essas irmãs Pacheco. Ninguém consegue corrigir. Prova bastante em qualquer investigação de paternidade. Além de baixinha, cadeiruda, canela fina. Onde a mimosa criança que lhe abalou os vinte e pouco anos?

— Bem. Se não for incômodo.

Só na salinha pobre, vigiado pelo retrato na moldura oval dourada — os olhos do velhote seguem-no por todo canto. Como será que ela me vê? Muito perigoso revisitar os velhos amores. O coraçãozinho ainda apertado da lembrança de Ana, doce Ana — a primeira iluminação erótica.

Foi no aniversário dos dez anos. Havia ganho da irmã uma lata de balas Zequinha — o tempo das balas em latas coloridas. Enquanto a irmã falava com a mãe, foi para a cozinha atrás da copeira. Tinha o dobro de sua idade. Ali revelou a famosa precocidade dos Pacheco: Quer uma bala, Ana? *Quero*. Então levante o vestido. Ela ergueu um tantinho — e eu fui dando bala. A coxa roliça, fosforescente de branca. Na maior aflição: Levante mais um pouquinho. Ah, se pudesse ver a calcinha. Com a lata cheia de balas, bem pequeninho, no alto da escada. A Ana descalça no terreiro, eu no quarto grau. Umas sete da noite, o lampião da cozinha alumiava as pernas. Suspendia o vestido com a mão esquerda, um lado mais que o outro — a graça que Deus lhe deu. Assim que vi as coxas brancas da Ana minha vida nunca mais foi a mesma.

[152]

Quarenta anos depois fui às Capoeiras. Na volta dei com a casa da Ana — o lambrequim azul rendilhado, a eterna roda quebrada de carroça no pátio. Ela casou, um bando de filhas, ficou velha — e bebia depois de velha. Na varanda uma polaquinha linda, cuia enfeitada na mão. Onde está a Ana? *A mãe morreu.* Entrei na casa, cumprimentei as outras filhas — a que hora o enterro? Onde ela está? *O senhor quer ver?* Fomos eu e a moça para a sala da frente. E a Ana lá estava, sozinha e esquecida, entre as quatro velas. Coberta pelo grosseiro lençol branco — o sol dourado faiscava na poeira flutuante ao pé do caixão. Costurando em linhas quebradas, zumbia uma gorda varejeira azul.

Sem que eu pedisse, a moça afastou o pano — olhei e vi uma velhinha de noventa anos. A boquinha murcha de sobrecu de galinha. Pergunta mais boba: Ela bebia? *Só no sábado.* As polacas das Capoeiras bebem cachaça no sábado. Você encontra todas as polacas bêbadas. Que voz mais rouca, que canto mais triste. Cambaleiam ao sol, você as derruba no matinho. Olhei bem, que fim levou o meu primeiro amor? Ai, meu Deus, de mim o que vai ser?

Pode cobrir, moça. Ninguém ligava à pobre Ana, uma algazarra ali na cozinha, a disputa da cuia na varanda. Será que a coxa da filha era tão branca?

— Aqui está o café. Desculpe se...

Aos olhos da perdida menina, hoje como serei?

— Ai, ai. Sapequei a língua.

Era um gracejo, ela não riu, a mão diante da boca — oh, não, esconde a...

— Me diga, Maria. Como foi a morte da Zefa?

— Tinha aquela doença.

Ai, agora sim. Da pergunta já me arrependi.

— Do manequim quarenta e seis foi para trinta e oito. Bem pequena, menina de sete aninhos. Não queria morrer. Dias antes, falando com o Tito: *Me prometa. Que me amarra na cadeira. Assim não podem me levar. Cadeira não vai junto.*

— ...

— Morreu vinte para a meia-noite. Eu disse às minhas irmãs: A forte não está aqui.

Partiu-se a voz, tremida e rouca — da nesga de coxa desviei a atenção.

— A forte não sou eu. E caí no maior choro. Daí eu vi a falta que ia me fazer. Aqui em casa, só ela, eu e o Tito.

[154]

— E da cabeça, como estava?

— A esclerose, que lhe contei na carta, melhorou. Quase acabou. Prevaleceu a outra doença. Dores e gritos medonhos.

— Como notou que...

— Começou a comprar muito sal. Os saquinhos se acumulando na despensa. Um dia perguntei: Por que tanto sal, mãe? *É a guerra, minha filha. Não sabe que ele pode faltar?*

— E a sua tia Lurdinha? Por onde anda?

— Essa minha tia é uma invejosa. Sempre foi. Mesmo agora com setenta e um anos.

Ah, bem me lembro. Cada fim de ano a Lurdinha vinha a Curitiba. Por ela eu me consumia, já adolescente. Ao lado do amante, desfilava na Praça Tiradentes. Queimada do sol, voz melosa, sotaque carioca. O amante de palhetinha no sapato bicudo marrom e branco. Ela de vestido vermelho, salto alto, uma tropa galopante com espadas e bandeiras. Era a única que não usava meia com salto alto. Aos pés dela eu rastejava, um guapeca sarnento coçando as suas pulgas — mão no bolso, bem quieto e pelos crescendo na palma. Com ela sonhava e, o poder mais forte dos

[155]

quinze anos, me levantava sobre os telhados da cidade. À noite, ó abismo de rosas — a mancha indelével no lençol.

Quando falou setenta e um, a súbita consciência dos meus cinquenta e tantos. Aflito, inconformado, chorando os dias perdidos.

— Quantos anos ficaram fora?

Sempre mulher, negando a fuga do tempo.

— Não sei bem.

— Com que idade viajou?

— Lembro de um atestado na polícia. O pai me deu dezesseis.

— Você não era da minha classe?

Bem que guardei o retratinho da turma. Pudera, quem o paraninfo? Veja, aqui a Mariinha. Tem muito vocabulário. E boa caligrafia.

Não resistindo, ela sorriu e revelou a prótese fulgurante.

— Dois anos fui sua aluna.

Entre todas a preferida. Era recém-casado e ela minha sobrinha torta — sobrinha ou não, bom seria refocilar na pequena Maria.

— O senhor é o mesmo...

Fiquei no maior gozo.

— Grisalho, claro. Até enfeita. De óculo escuro.

— Você também, Mariinha. Não mudou.

Ela podia ser sincera. Eu, não. Fiz o cálculo: Tem quase cinquenta. Quem vejo na minha frente é a tia Biela, a tia Sibila, a tia Filó — todas de calcinha rendada à mostra.

— O pai era um sonhador. Trabalhava e sonhava. Se a féria era gorda, perdia tudo nas corridas.

Ali na parede o velhote piscou o olhinho, divertido. Além de jogador, grande bêbado.

— Meu irmão também é assim. Um distraído. Aquele dinheiro do terreno, lembra-se? A mãe repartiu entre nós quatro. Guardei minha parte. Ele, o pobre, comprou uma pia.

— ...

— A mãe sofreu muito. Uma noite o pai acordou — não podia verter. Ajoelhado na cama, o troféu na mão, sem conseguir. Uremia, o nome dessa doença?

— Acho que sim.

— Uma trombose e morreu. Ficamos sem nada. A mãe, trouxinha nas costas, quatro filhos para criar.

Daí a Lurdinha e a Eufêmia escreveram. Lá fomos nós, até o piano do pai, seu último orgulho.

Pensei comigo: Foi a minha salvação. Senão acabava nos meus braços, viu o escândalo? Perdia mulher e filhos, já não seria doutor.

— Mamãe era inocente. Vivia em outro mundo. Minhas tias, o senhor sabe, tão sapecas. Quando chegamos, foi um choque. A Lurdinha com outro amante. A Eufêmia, um aborto por ano.

— A Eufêmia não casou com o chinês?

— Se acomodou com o chinês. O bordão da velhice.

— Parece bem feliz. Me disse que é dada aos livros.

— Mentira dela. É analfabeta. Não sei agora, tinha vergonha do chinês. Andando na rua, empurrava o pobre: *Vá na frente, você.*

— E lá em São Paulo?

— Os primeiros tempos foram difíceis. Virei homem da família. Me proibi de voltar. Aquelas tias mais levadas e invejosas. Não perdoavam a educação da mãe. Desfaziam até na roupa da infeliz. Eu trabalhava o dia inteiro. A mãe era dama de companhia de uns russos. Cada uma fazia de tudo. O duro dinheirinho do aluguel e da comida.

— ...

— Sabia que a mãe era vaidosa? Bem agarrada às coisas. Se eu comprava duas blusas, logo a encontrava olhando e alisando com o dedo tortinho. *Tão bonitas. Qual delas é a minha?* As duas, mãe. Não abandonou os deveres religiosos. Ia à missa. Sempre rezava pelo padrinho.

Disse comigo: Nada de padrinho. Meu pai, Mariinha, o teu avô. É minha sobrinha natural. Pare de fingir, você. Fala da Lurdinha. Que é sapeca. A Eufêmia não presta. Uma sirigaita. E você?

— Com que idade o teu menino?

— Vinte anos. Um moço bonito.

O Tito filho de quem? Você não é mãe solteira?

— Ele ainda toca piano?

— O piano eu vendi.

— Que pena. Tinha bom ouvido. Sentava e tirava qualquer melodia.

De mim que não herdou as prendas musicais.

— Ter piano é bonito. Para quem pode. Agora quer ser polícia.

— Guardou alguma lembrança do tempo de menina?

— Presente do padrinho. Uma boneca, cachinho loiro e tudo. A Lurdinha até dessa boneca tinha inveja.

— Não me diga.

— Sabe que vendi todas as férias que ganhei na vida?

— ...

— Nem uma eu gozei.

— Verdade que a Zefa morreu sozinha?

— Sozinha, como?

— Assim de repente.

— Finou-se no quarto, dormindo. Quando entrei, com a maçã assada no pratinho — ela se lambia por maçã —, era mortinha.

Mais nada a contar. Ficamos de pé. Ela abriu a porta do quarto: sob a cama o troféu branco de ágata com florinha. Ali na colcha de retalhos a famosa boneca de cachinho. E a cadeirinha de palha da Zefa, onde queria ser amarrada — assim não a poderiam enterrar.

— Desmanche isso. É muito mórbido.

No consolo três elefantes vermelhos de louça.

— A cadeira já pensei de vender.

Ao me despedir, quis perguntar como eram os seus domingos. Melhor não, seria muito cruel.

Cântico dos Cânticos

— Aqui é a Maria. Fui caluniada, doutor. Quero processar o bandido.

— Nossa, quanto tempo. Você sumiu. Antes me responda. Chamaram você de ladra?

— Credo, doutor.

— Ou de assassina?

— Ele disse que tenho uma transa. Com um rapaz aqui do serviço. Que é casado.

— Que transa?

— Disse que fui para a cama com o rapaz.

— Isso não é calúnia. E sim difamação.

— Quero ver o infeliz na cadeia.

— Mais fácil ele se retratar. Que tipo é?

— Meio velho. Quase se aposentando. O rapaz casado, que seria meu amante, foi falar com ele. Disse que não tinha tido intenção. Ora, quem põe da boca para fora, tem intenção.

— Não parece inveja?

[163]

— É o que eu acho.

— Você tão bonitinha. Os homens idosos têm cobiça.

— O senhor não muda, não é, doutor? Ontem procurei o velho. E ele fugiu.

— Sinal que tem culpa na consciência.

— E medo também.

— Você podia falar com o chefe da repartição. Não há perigo de ser cantada por ele?

— Tenho minhas defesas, doutor.

— Pede que ele faça o velho assinar uma carta de retratação. Dirá que tem você no maior conceito e assim por diante. Existe um quadro para afixar editais?

— Decerto.

— A carta do velho ficará nesse quadro por uma semana.

— Uma boa ideia. Será que...

— Tem visto o Pedro?

— Não vi nem quero. Já não sou aquela bobinha de antes. Estudei um pouco. Estive até em psiquiatra.

— Notei que está mais inteligente.

— Inteligência nasce com a gente, não é, doutor?

— Você não entendeu. Acho que está mais preparada. Diz coisas bonitas.

— O psiquiatra nunca acreditou.

— No que, Maria?

— Que o Pedro me possuiu à força.

— Naquele quartinho dos fundos.

— Puxa, como é que o senhor sabe?!

— Você me contou. Tinha dezesseis aninhos. Ficaram sós na casa. Tua mãe estava na vizinha. Era sábado à tarde. O Pedro a agarrou no quartinho. De pé contra a máquina de costura. Saiu muito sangue.

— Que memória, hein, doutor? Não foi bem à força. Diria que ele me forçou a querer. Aquela cara imunda em cima de mim...

— E aquele dentinho de ouro.

— Nem me fale. Quando me rasgou inteira, perdi o gosto de tudo. Nunca mais achei graça. Agora sou moça triste.

— No desquite alegou coisas terríveis contra você.

— Sei no que o senhor está pensando.

— ...

— Na calcinha.

— Até que não.

— O Pedro é um psicopata.

— Não exagere, menina. É bom motorista. Se fosse alienado, o ônibus já tinha caído no abismo.

— Não foi o sentido que dei à palavra. Acho que é maníaco. Um louco. Será que assim o senhor entende?

— Bem-falante, você. Meus parabéns. Tem muito vocabulário.

— Ele pôs na cabeça que eu namorava outro. Tudo aquilo que fazia era de louco. Abria a porta para ver se tinha alguém na varanda. Se eu entrava no banheiro, era um deus nos acuda. Chegou a examinar a toalha em que me enxugava. E com a calcinha não fazia luxo. Saía com ela na mão, olhando bem de perto: *Aqui tem marca do teu macho.*

— Disso eu me lembro.

— Tanto ele quis, que achou. Escrevi o nome de propósito.

— Bem naquela dobra misteriosa.

— Com letra de fôrma: *André.* O senhor está entendendo, não é? Foi vingança minha. Nunca houve outro.

— Nem um namoradinho?

— Quer uma prova de que o Pedro é louco? Agora tem outra menina. Que está grávida. E essa pobre se queixou à minha irmã que ele continua...

— ... examinando calcinha.

— ... maníaco. Quando a geladeira liga ele diz: *São passos lá fora*. Ela, bem inocente: *Não seja bobo, Pedro*. Sabe que ainda assim ele teima? Sempre ouvindo lá fora os passos. E mais uma: o filho que ela espera não é do Pedro.

— Viu como tem razão de ser desconfiado?

— Não é isso. Ela se juntou grávida.

— E desse monstro você não esquece?

— Esse aí me deu alergia. Não é sentido figurado. Quando via homem, qualquer um, começava a me coçar. Aqui no braço era só arranhão. Graças ao psiquiatra, melhorei um pouco.

— Entendi tudo, menina. O Pedro deu um nó na tua cabeça. Quero te perguntar uma coisa. Posso?

— Decerto.

— Sabe o que é orgasmo?

— É quando a mulher chega ao fim.

— E já teve alguma vez?

— Nunca.

— Viu só? A causa é o Pedro. A cara imunda do Pedro.

— A unha roída do Pedro.

— É o dentinho de ouro do Pedro.

— Nem me fale.

— Você não é tão inocente. Os homens estão aí.

— Como estão! Se de homem eu precisasse, minha casa estava cheia.

— Algum caso você tem tido?

— Tenho. E não me pergunte com quem. Mas eu não participo.

— Não pensa em casar de novo?

— Não penso nem quero.

— Um grande bobo esse psiquiatra. Devo te fazer uma pergunta. Só desejo o teu bem. Você sabe disso. Tua necessidade é o orgasmo. Há de convir que tenho mais experiência.

— Que idade o senhor tem?

— Quase cinquenta. A alminha é de vinte e dois.

— Mais de cinquenta, hein?

— A mulher que atinge o fim, meu bem, abre as portas do paraíso. Vê Adão e Eva nus. Eva sem a folha de parreira. Do Adão nem quero falar. Ouça o que te proponho. Tenha paciência de me ouvir.

— ...

— Você vem aqui. E eu te agrado até alcançar o êxtase.

— Como assim, doutor?

— Vem aqui no sábado — a única cliente. Antes me responda. Sabe o que é clitóris?

— Acho que sim.

— Essa pérola de tua concha nacarada. Então você tira a calcinha. Separa as coxas. E eu...

— Não entendi, doutor.

— Você afasta as pernas. Já afastou, amor?

— ...

— Com este dedinho titilo o clitóris — o Abre-te Sésamo de tua gruta do prazer.

— ...

— Depois te beijo. Da ponta do cabelo até a unha vermelha do pé.

— Cruzes, doutor.

— Sabe o que é... Como direi? A maior homenagem que o homem presta à mulher. Já descrita no *Cântico dos Cânticos*. De joelho e mão posta. Uma asa trêmula de borboleta, já sentiu? Desde o biquinho do seio, correndo no umbigo, até as voltas de tuas coxas. No abismo de rosas um turbilhão de beijos loucos. Entende, meu bem?

— Agora, sim.

— Isso não te excita?

— Um pouquinho.

— Me deu até pigarro. Você terá direito a tudo, Maria. Só quero desfazer o nó da tua cabeça. Penso em você, não em mim. Garanto que sai daqui redimida. Para sempre esquecido o quartinho de costura.

— ...

— E não tenha medo que me aproveite de você. Faço tudo isso vestido. Apenas tiro o paletó. Mas de colete abotoado. Se quiser ir embora, se eu ousar, se te desrespeitar, a porta fica ao teu alcance.

— É hominho impossível, doutor.

— Está rouca, você? Mais uma coisa. Sobre orgasmo. Há mulheres que têm filhos, dormem com o marido a vida inteira, e nunca chegam ao fim. O macho é egoísta. Faz o que ele quer, bruto e apressado. Satisfeito, vira-se para o lado, ronca feliz.

— Bem como o Pedro.

— O Pedro e outros como ele. Conheci uma se-nhora que só atingiu o delírio depois do terceiro filho. Foi a maior alegria da vida. Era casada com um velho. Depois que descobriu, ficou insaciável. Até banho frio de assento ela tomava para acalmar a fúria.

— O senhor que a iniciou?

— Uma aventura passageira. Essa mulher não gemia, ela uivava.

— Quero que o doutor entenda. Não sou fria. Só não me realizo. Já tive umas poucas aventuras. Sinto um começo de prazer. Mas nunca vou ao fim.

— Exatamente de mim que você precisa. Quer deixar combinado? Para sábado à tarde? Ou prefere de manhã?

— Ainda não sei, doutor.

— Pense bem. E quando me avisar não diga que vem para isso. Aqui a gente resolve.

— O senhor gosta de mistério.

— Te ajudo a encontrar a graça perdida. Nunca mais será moça triste.

— Sábado nem sempre tenho folga. Duas filhas, minha mãe e tudo o mais. Não prometo. E sobre o velho, doutor, qualquer dia lhe telefono.

[171]

— Sugiro a carta de retratação.

— Lá no quadro de editais? Será que...

— Um cliente chegou. Não posso falar.

— ...

— Adeusinho, Maria.

— Até sábado, doutor.

Este livro foi composto na tipografia Minion
Pro, em corpo 13/19, e impresso em papel
off-set 90g/m^2 no Sistema Digital Instant Duplex
da Divisão Gráfica da Distribuidora Record.